《阅读中华经典》编委会

先秦诸子散文

【阅读中华经典】

李晓冰 编著

主 编 姚璇琮
副主编 姜道京 马晓乐

上天把重大的使命赋予一个人的时候，一定先要磨炼他的意志，使其筋骨疲劳，肠胃受饿，自身贫穷，想做的事总是不能成功，用这些来使他的心境受到震动，意志得到磨炼而变得坚强，能力得到增强。人常常犯错误，然后才能改正；精神上受到困苦，思想受到阻塞，然后才能够奋发有为；外表能够有所表现，言语能够吐露出来，然后才能被人了解。国内没有懂得法度的大臣和辅佐国君的贤士，国外没有敌对的国家和危险，这样的国家常常容易灭亡。知道了这些后，就可以懂得忧患使人生存，安乐使人死亡的道理了。

泰山出版社

图书在版编目(CIP)数据

先秦诸子散文/傅璇琮主编． —济南:泰山出版社，
2007.4 （阅读中华经典）
ISBN 978－7－80634－574－0

Ⅰ．先… Ⅱ．傅… Ⅲ．古典散文—作品集—中国
—先秦时代—青少年读物 Ⅳ．I262

中国版本图书馆 CIP 数据核字（2006）第 138647 号

主　　编	傅璇琮
编　　著	李晓冰
责任编辑	葛玉莹
装帧设计	胡大伟

阅读中华经典

先秦诸子散文

出　　版	泰山出版社
社　　址	济南市马鞍山路 58 号　邮编　250002
电　　话	总编室（0531）82023466
	发行部（0531）82025510　82020455
网　　址	www.tscbs.com
电子信箱	tscbs@sohu.com
发　　行	新华书店经销
印　　刷	蓬莱利华印刷有限公司
规　　格	150×228mm　16 开
印　　张	9
字　　数	84 千字
版　　次	2007 年 4 月第 1 版
印　　次	2016 年 2 月第 3 次印刷
标准书号	ISBN 978-7-80634-574-0
定　　价	15.00 元

序

傅璇琮

　　这套《阅读中华经典》，是打算将我国具有悠久历史而又绚烂多彩的古典文学作品系统地介绍给广大青少年，通过注释、今译和赏析，努力克服语言和文化知识方面的一些困难，让青少年能直接接触古典文学的精华，使他们从少年时代起就对我们伟大祖国的光辉文明有清晰的了解和深切的印象。

　　广大青少年在当前改革、开放的新时期中，思想非常活跃。他们迫切需要了解社会、了解自身，他们希望了解世界的历史和现状，更希望了解中国的历史和现状。中国是一个文明古国，又处在变化发展十分强烈的当今世界中，青少年一定会从现实的千变万化、五光十色中来探索我们民族过去走过的道路，想了解这个有数千年历史的传统文化怎样给现实以投影。我们觉得，在这当中，古典文学会首先引起他们的注意和兴趣。

　　据说，多年前，北京有一所工科学院，它的专业与唐诗宋词没有多大关系，但学校却为学生开设了一门唐诗宋词的选修课，结果产生了原来预想不到的效果。学生们读完了这门课程，激发了爱国心和民族自豪感。他们知道世界上除了托尔斯泰、雨果、海明威之外，在我国历史上早就有了屈原、李白、杜甫、陆游、辛弃疾等许多非常伟大的文学家，早就有了无数优秀文学作品。这就向我们启示：在古典文学界，除了专门论著之外，还应做大量的普及工作。我们应当力求用通俗、生动、准确、优美的文笔，向广大群众、广大青少年介绍我国丰富的文学遗产，介绍我国数千年的历史长河中涌现出来的众多优秀作家、艺术家，介绍我国古代作品中的精品，使他们懂得我们民族的文学中自有它的瑰宝，足可与世界各国的文学相媲美，使他们开阔眼界，增长见识，提高文化素养和审美趣味。这对于培育爱国主义思想，加强对祖国和民族的爱，提高道德情操，丰富精神文化生活，都会起很大的作用。列宁曾说过，只有用人类创造的全部知识财富来丰富自己的头脑，才能成为共产主义者。在一定的条件下，知识是可以转化成觉悟，转化成品格的。有着较高文化素养的人，对于正确与错误，高尚与卑鄙，善与恶，美与丑，更易于作出准确的价值选择。而文化素养中，文学是不可或缺的部分，它往往能在潜移默化、对世界美好事物的多方面领略和摄取中影响人的内心和精神面貌。这是文学的社会功能的特点，也可以说是它自己的规律，这是一种整体性的修养和培育。

这套《阅读中华经典》是我国古典文学启蒙读物，就是从上面所说的宗旨出发，一是介绍知识，二是提供对古典佳作的一种美的选择，美的品尝。如果广大读者特别是青少年能从中得到某些启发，从而有助于自身文化素养和情操的提高，就将是我们最大的满足。

这套读物是采取按时代编排的做法，远起上古神话，下及《诗经》、楚辞、先秦散文、秦汉辞赋、乐府古诗、唐诗宋词、元明清诗文及戏曲小说。这样成系统地类似于教材编写的做法，能否为大家接受？我们认为：第一，这是一次试验，我们想用这种大

先秦诸子散文

剂量的做法来试试我们处于新时期中青少年的胃口和消化能力；我们对他们的接受能力和审美水平有充分的信心。第二，我们采取既有系统而又分册出版的办法，在统一编排中照顾到一定的灵活性，读者可以根据自己的爱好，选择自己感兴趣的一部分阅读，不必受时代先后的束缚，兴趣有了提高，可以逐步扩大阅读范围。第三，广大教师和家长们一定能给予正确的指导。目前中小学语文课本中古典作品的分量不多，这套读物正好对此做必要的补充，青少年当可以在语文课之外获得更多的知识，而老师们和家长们的正确引导和指点，无疑会进一步消除阅读中的难点，从而提高阅读的兴趣。如果老师们和家长们能事先浏览，再进而做具体的帮助，则这套读物当更能发挥其系统化的优点。

对作品的注释，考虑到青少年读者的特点，将尽可能浅显，这是克服语言障碍的最基本一环。今译的目的，一是补充注释之不足，使读者对文意能有连贯的了解；二是增加阅读的兴味，使读者对原作的思想和艺术有一个整体的感受。另外，我们还尽可能帮助读者做一些分析，以有助于认识和欣赏作品的思想意义和艺术价值。同时，结合每一时期的文学发展和文体演变，我们还做了一些文学史知识介绍。这些介绍是想对学校教学因课时所限做若干辅助讲解，青少年如能对这些方面的知识有一个大致的掌握，对进一步了解古典文学的历史发展和不同风貌，一定会有较大帮助。

最后应当说明的是，参加这套读物选注工作的，大多是中青年作者。他们在繁忙的本职工作之余，从事于此，有时往往为找到一个词语的正确答案，跑图书馆翻书，找人请教，表现了认真负责的态度和普及文化知识的可贵热情。

　　另外，这套丛书能与广大青少年读者见面，是和泰山出版社的大力支持分不开的，他们为此付出了辛勤的劳动。在这里谨向他们表示深深的谢意！

先秦诸子散文

前言

本书介绍的是先秦诸子散文。

先秦，指的是春秋末年到战国时期，从公元前五世纪中期到公元前三世纪中期这两百年左右的时间。诸子，指的是在这个时期出现的各个思想学术流派的代表人物。

中国古代散文，是在文字产生以后才出现的。

根据大量的出土文物考证，我国的文字是在殷商后期出现的。由于生产力发展水平的局限，在那个时代，还没有纸张，当时的文字是刻在兽骨和龟甲上的。人们把这些文字叫"甲骨文"。这些文字的形体比较简单，但其确切意义很难懂，它们的内容大多是记载统治者预测吉凶的卜卦文字的一些历史事件，可以说是我国最古老的散文的雏形。

到了周代，周王朝及各个诸侯国都设立了史官，来专门记录所发生的大事和统治者的言论，结果，出现了《春秋》和《尚书》。

《春秋》是记事的编年体史书。我们现在能看到的是周代鲁国的编年史。这本书很简单地记录了周王朝、鲁国和其它各国的重大事件，从鲁隐公元年，也就是公元前722年开始，到鲁哀公十四年，也就是公元前481年为止，共二百四十二年。《春秋》这本书的语言非常朴素，类似后代的新闻标题，只是对重大事件的片断记录。

《尚书》书名意思为"上古之书"，从前又叫"书经"，是记言的古史。《尚书》有今文和古文之分。现在我们看到的《尚书》一共有五十八篇，其中有三十三篇是今文和古文共有的。

另外，还有一种刻在铜器上的字，我们称为铜器铭文或金文。这种文字在殷商时代就出现了，只是到了周代，才得到了发展。有的一件铜器上就有三百多字。它们的内容很复杂，但大多是记载贵族的事迹和功绩的。

到了春秋战国时期，社会又有了新的发展。出现了新兴的地主阶级，奴隶制开始动摇。在那个时代，这种新兴的地主阶级比奴隶主贵族要进步得多。随着地主阶级的出现，产生了一个被称为"士"的阶层。这个阶层，主要是一些地位不高的人，其中包括新兴地主、没落贵族和一些脱离生产来到城市的自耕农。这些人很多是有学问、有才能的人，有的懂得天文、地理、历算方面的知识，有的是政治、军事、哲学上的杰出人才。这些人站在自己阶级的立场上，提出自己的政治、军事、哲学、伦理、文化等方面的观点、主张和要求，在学术上出现了各种流派，有儒家、墨家、道家、法家、农家、纵横家等等，这些流派相互争论不休，形成了百家争鸣的局面。各家的代表人物有的著书立说，有的私人讲学，利用各种方式，阐述自己的主张，由此形成了中国文学史上散文发展的第一个高潮。

在这一百家争鸣的过程中，对后代散文发展有较大影响的，主要有儒家、墨家、道家和法家四家。

儒家的代表人物为孔子、孟子和荀子，宣传儒家思想的著作主要有《论语》《孟子》和《荀子》。儒家主要提倡"仁义"、"礼乐"等治国思想。儒家的思想对后代的影响最大。

对后代影响较大的另一个流派是道家。道家的代表人物是老子和庄子，他们的思想分别体现在《老子》和《庄子》这两部书中。道家的思想常常表现出消极主义的态度。老子主张绝圣弃智、忘情寡欲、无为而治；庄子继承并发展了老子的思想，主张逍遥自在、不求闻达。后代的文人学者对老子与庄子散文中的浪漫主义风格，尤其对《庄子》的风格，比较欣赏，有很多继承和发展。

墨家的创始人是墨子，他的思想主要体现在《墨子》一书中。墨子主张兼爱、非攻、节用等，反对统治者的攻伐战争。法家的代表人物是韩非，他著有《韩非子》一书，主张统治者应该集中权力，修明法制，富国强兵。

墨家和法家的影响，虽然比不上儒家和道家，但对后代也有着比较大的影响。尤其是法家的思想，对社会的发展，有一定的积极作用。

先秦诸子散文，对后代的散文发展有着极大的影响。

汉代的贾谊、晁错等政治家的政论文，明显表现出韩非等战国时期法家议论文的风格特色。

魏晋以后，道家的学说被推到了高潮。一些文人学者，如阮籍、嵇康等人，发挥了老子、庄子的道家思想与散文特色，把我国的理论散文，又向前发展了一步。

唐朝和宋朝是我国散文发展的又一高潮。出现了一大批散文家，专门学习先秦时代的散文风格，尤其对《孟子》、《庄子》和《荀子》的散文风格非常重视，不仅学习其中写作上的优点，并且加以发展，有所创新，使中国的散文更加丰富多彩。

先秦诸子散文，在中国文学史上，是一个绚丽多彩的时代。它对后代的散文发展有着极大的影响，是我国散文发展的第一个高峰。

目录

《论　语》

学而时习之①

子曰②："学而时习之，不亦说乎③？有朋自远方来④，不亦乐乎⑤？人不知而不愠⑥，不亦君子乎⑦？"

讲一讲

① 题目是编者所加。选自《论语·学而》篇第一节。原书各章本来没有题目，本文的题目是参照一般选本，根据正文的第一句话拟加的。《论语》是孔子的学生们记录孔子及其学生的言行而成的，内容主要是孔子的哲学思想、政治活动和他的教育理论与实践等，共二十章。孔子生于公元前 551 年，姓孔名丘，字仲尼。他是春秋时代鲁国人，家乡在今天的山东省曲阜。孔子曾经当过鲁国的官，后来到宋国、卫国、陈国、蔡国、齐

国等诸侯国周游,宣传他治理国家的思想。孔子是我国古代的思想家、教育家、政治家,是儒家学派的创始人。在政治上,他主张"仁爱",提倡学习周朝的礼节。在教育上,他主张"有教无类",也就是说教育不分对象,不管富人还是穷人,都可以受到教育,反对奴隶主阶级独占文化,主张把教育普及到更低一层的人们中间。孔子生活在当时的封建社会里,他的思想有时代局限和阶级局限。学:指学习知识。而:转折连词,当"然后"讲。时:在这里是"按着一定时间"的意思。习之:温习所学过的知识。

②　子:古代对男人的一种敬称。有时当"老师"讲。在这里指孔子。曰:说。

③　亦:也。说(yuè):同"悦",高兴、愉快。

④　朋:指同学。来:到来。

⑤　乐:快乐,高兴。

⑥　人:别人。知:知道。在这里当"了解"讲。愠(yùn):暗暗生气。

⑦　君子:有道德修养的人。

译过来

　　孔子说:"学习知识,然后按一定的时间温习这些学过的东西,这不是也很愉快吗?有同学从远方来,不也是一件高兴的事吗?别人不了解自己,而自己并不暗暗生气,这不也是一种有道德修养的人吗?"

这篇小文是《论语》中的第一篇文章,孔子说了三点:第一,学习;第二,友情;第三,理解。

孔子认为,学习只有不断地回顾、温习,才能更好地掌握学到的知识。并且,在不断地回顾、温习中,会得到一种快乐。

从远方来了朋友,说明了往日建立的深厚友谊的珍贵,同时说明这种友情的继续发展。对于这样的友谊,我们应该感到高兴。

在和别人的交往中,自己不一定被别人了解。对这种不了解,不应该在心里暗暗地生气,更不应该消沉,这才是一种高尚的修养。

这段话,文字虽然不多,却包括了三方面内容,讲了三种道德修养,已成为人们在学习和为人处世上的名言。

先秦诸子散文

一日三省①

曾子②曰:"吾日三省吾身③:为人谋而不忠乎④? 与朋友交而不信乎⑤? 传不习乎⑥?"

讲一讲

① 题目是编者所加。选自《论语·学而》篇第四节。省(xǐng):反省,自我检查。

② 曾子:姓曾名参(cēn),字子舆(yǔ),春秋时期鲁国人,孔子的学生。

③ 吾:我。日:每天。三省:常常反问自己,"三"表示多次。一说用三件事检查。身:自己。

④ 谋:原来当"谋划"讲,在这里指办事。为人谋:给人家办事。忠:尽心竭力。

⑤ 交:交往。信:信用。

⑥ 传:传授。这里的意思是指老师传授给自己的知识。习:见《学而时习之》释①。

译过来

曾子说:"我每天常常这样检查自己:为别人办事没有尽心竭力吗? 和朋友的交往不讲信用吗? 老师讲的知识温习了吗?"

　　这段话是孔子的学生曾子讲的，主要说的是道德和学习。

　　曾子认为，人最重要的是守信用、讲道德和努力学习。他认为，给别人办事的时候应该尽心尽力；和朋友交往的时候要守信用；学习知识的时候应该反复温习老师所传授的知识。这是每个人都应该做到的，所以，要经常检查自己做到了没有。

　　这段话充分体现了孔子的道德和仁义思想。

先秦诸子散文

贫而无谄①

子贡②曰:"贫而无谄,富而不骄③,何如④?"子曰:"可也⑤,未若贫而乐⑥、富而好礼者也⑦。"子贡曰:"《诗》云⑧:'如切如磋⑨,如琢如磨⑩',其斯之谓与⑪?"子曰:"赐也⑫,始可与言《诗》已矣⑬,告诸往而知来者⑭。"

 讲一讲

① 题目是编者所加。选自《论语·学而》篇第十五节。贫:贫穷。无:不。谄(chǎn):巴结、讨好的意思。

② 子贡:姓端木名赐,字子贡,孔子的学生。

③ 富:富贵。骄:骄傲自大,不懂礼貌。

④ 何如:"如何"的意思,当"怎么样"讲。

⑤ 可也:这样做是可以的。

⑥ 未若:不如。乐:快乐。

⑦ 好(hào):喜欢。礼:礼节,实际是周代统治阶级制定的用等级制度制约不同等级人们的行为准则。好礼:喜欢礼仪、礼节。者:指示代词,这样的做法、态度。

⑧《诗》:指《诗经》。这里指《诗经·卫风·淇澳》中的两句话。云:说。

⑨ 如切如磋(cuō):《诗经》原文。切:切削兽骨。磋:磋平象牙。

⑩ 如琢如磨：《诗经》原文。琢：雕琢玉器。磨：磨砺（lì）石器。

⑪ 其：它，指《诗经》中的两句话。斯：代词，这。谓：说。与：疑问语气词。这句话的意思是说：《诗经》里边的这两句话说的大概就是这意思吧？

⑫ 赐：即子贡。

⑬ 始：才，刚刚，表示够格，具备条件。与：和。言：谈论。已矣：强调语气，等于说"了啊"。

⑭ 告：明白，觉悟。诸：之于，兼词。往：过去，以往，往事。来：将来，未来。

子贡说："贫穷而不讨好别人，富贵而不骄傲自大，做到这样，怎么样？"孔子说："这是可以的。但这比不上贫穷仍然保持快乐，富贵而又乐于严守礼节的做法。"子贡说："《诗经》里说：（为人处事应该）'像切削兽骨，像磋平象牙，像雕琢玉器，像磨砺石器。'大概说的就是这个意思吧？"孔子说："子贡啊，现在我才可以和你谈论《诗经》了啊。明白了以往的道理，就能知道未来怎么办了。"

这篇文章通过子贡和孔子对贫富的谈论，表达了孔子的"礼义"思想。

孔子认为，贫穷而快乐，富贵而知礼，这才是一种理想的生活态度。

　　文章通过子贡借用《诗经》中的话及他对这种观点的深入理解，更加明确地表达了主题，使孔子的思想得到了更加完美的解释。

　　这篇文章采用借喻的手法，深化了主题，表达了思想。语言不多，说服力强。

宰予昼寝①

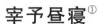

宰予昼寝。子曰:"朽木不可雕也②;粪土之墙不可圬也③。于予与何诛④?"子曰:"始吾于人也⑤,听其言而信其行⑥;今吾于人也⑦,听其言而观其行⑧,于予与改是⑨。"

 讲一讲

① 题目是编者所加。选自《论语·公冶长》章第十节。宰予:又叫宰我,是孔子的学生。昼:白天。寝(qǐn):睡觉。

② 朽木:腐烂的木头。雕:雕刻。

③ 粪土之墙:粪土一样的墙。圬(wū):涂抹墙壁。

④ 于:对于。予:指宰予。与:给予。诛(zhū):责备。这句话是说:对于宰予这种人,还拿什么来责备呢? 这里,孔子把宰予比做"朽木"与"粪土之墙",表示他已不可救药。

⑤ 始:起初。

⑥ 信:相信、信任。行:行动、行为。

⑦ 今:现在。

⑧ 观:观察。

⑨ 于予:在宰予身上,指他白天睡觉的事。改:改变。是:这。指自己起初对待别人的态度。这句话是说:宰予使我改变了过去只听别人的言论就相信他的行为的态度。

宰予白天睡觉。孔子说："腐朽了的木头是没法进行雕刻的；粪土一样的墙壁是没法涂抹的。对于宰予这种人，还拿什么来责备他呢？"孔子说："起初，我对待别人，总是听了他自己的话，就相信了他的行为；现在，我对待别人，既要听他自己说，还要观察他的行为。宰予这件事使我改变了过去对待别人的态度。"

这段话，通过孔子对宰予白天睡觉一事的议论来说明应该怎样看待一个人的道理。

从文章里我们看到，孔子对宰予的行为十分不满。他把这种懒惰(lǎn duò)的行为比喻成"朽木"、"粪土之墙"，认为像宰予这样的人，放弃大好时光，荒废学业，是不可救药的。由此指出：看待一个人，不能只听他自己的夸耀，还要观察他的具体行为，加以判断。

三 人 行①

子曰:"三人行,必有我师焉②。择其善者而从之③,其不善者而改之④。"

 讲一讲

① 题目是编者所加。选自《论语·述而》章第二十二节。三人行:三个人一起走路。

② 必:一定。师:老师,这里指值得自己学习的东西。焉(yān):这里。

③ 择:选择。其:其中。善者:好的东西。从:跟从,在这里当"学习"讲。

④ 改:改正。

 译过来

孔子说:"三个人一起走路,其中一定有我值得学习的东西。选择其中好的方面学习,其中不好的方面,就注意改正。"

 帮你读

这几句话说明一个有学问的人,应该时时处处注意学习别人身上好的东西。取其精华,去其糟粕(zāo pò)。

在这段话中,孔子首先肯定了任何人身上,都有值得自己学习的方面。应该有选择地从别人身上学到好的东西,还要能够从别人身上发现和纠正自己的缺点。

这几句话,文字非常简练,但意义却很深刻。其中"三人行,必有我师焉"一句,流传到现在,成为人们学习中的座右铭。

各言其志

子路、曾晳、冉有、公西华侍坐②。

子曰："以吾一日长乎尔③，毋吾以也④。居则曰⑤：'不吾知也⑥！'如或知尔⑦，则何以哉⑧？"

子路率尔而对⑨曰："千乘之国⑩，摄乎大国之间⑪，加之以师旅⑫，因之以饥馑⑬；由也为之⑭，比及⑮三年，可使有勇⑯，且知方⑰也。"

夫子哂之⑱。

"求，尔何如⑲？"

对曰："方六七十⑳，如五六十㉑，求也为之，比及三年，可使足民㉒。如其礼乐㉓，以俟君子㉔。"

"赤，尔何如？"

对曰："非曰能之㉕，愿学焉。宗庙之事㉖，如会同㉗，端

章甫㉘，愿为小相㉙焉。"

"点，尔何如？"

鼓瑟希㉚，铿尔㉛，舍瑟而作㉜。对曰："异乎三子者之撰㉝。"

子曰："何伤乎㉞，亦各言其志也㉟！"

曰："暮春者㊱，春服既成㊲，冠者㊳五六人，童子㊴六七人，浴乎沂㊵，风乎舞雩㊶，咏而归㊷。"

夫子喟然叹㊸曰："吾与点也㊹。"

三子者出，曾皙后㊺。曾皙曰："夫三子者之言何如？"

子曰："亦各言其志也已矣㊻！"

曰："夫子何哂由也？"

曰："为国以礼㊼，其言不让㊽，是故㊾哂之。""唯求则非邦也与㊿？""安见(51)方六七十如五六十而非邦也者！""唯赤则非邦与？""宗庙会同，非诸侯而何(52)？赤也为小(53)，孰(54)能为之大！"

① 题目是编者所加。选自《论语·先进》章第二十六节。言：谈出，讲出。其：他们。志：志向。

② 子路：姓仲名由，字子路。曾皙(xī)：姓曾名点，字皙。冉(rǎn)有：姓冉名求，字子有。公西华：姓公西名赤，字子华。这四个人都是孔子的学生。侍坐：陪侍孔子坐着。

③ 以：以为。一日：一天，这里是孔子自谦。长(zhǎng)：年长，年龄大。乎：于。尔：你们。这句话是说：你们都以为我比你们年长。

④ 毋(wú)："不要"的意思。以：以为，这里省去了前一句中

的"一日长乎尔"几个字。"毋吾以也"是说：不要把我看做你们的长者。

⑤ 居：平时。则：辄，常常。居则曰：平时（你们）常常说。

⑥ 知：了解。不吾知也：意思是说"不了解我们"。

⑦ 或：有人。

⑧ 则：那么。则何以哉：那么（你们将）干些什么呢？

⑨ 率尔：形容轻率，满不在乎的样子。对：回答。

⑩ 乘（shèng）：四匹马拉的战车叫乘。千乘之国：有一千辆四匹马拉的战车的国家。古时候常用拥有战车的多少来说明一个国家的大小和强弱。千乘之国在春秋时代已属小国。

⑪ 摄乎：夹在。间：中间。

⑫ 加：加上。师旅：古代军队的组织单位。二千五百人为师，五百人为旅。在这里当"用军队攻击"讲。

⑬ 因：连续，持续。饥：五谷不熟。馑（jǐn）：蔬菜不熟。饥馑：灾荒。

⑭ 为之：治理这样的国家。

⑮ 比及：等到。

⑯ 勇：勇敢。

⑰ 且：并且。知：懂得。方：规矩，指民众行事的规矩或道理。

⑱ 夫子：孔子。哂（shěn）：微笑。

⑲ 尔何如：你怎么样呢？

⑳ 方：方圆大小。方六七十：方圆六七十里。

㉑ 如：或者。

㉒ 足民：（让）人民（衣食）富足。

㉓ 如：至于。礼乐：礼乐的教化。

㉔ 俟（sì）：等待。以俟：就等待。君子：有道德和才能的人。

㉕ 非曰：不说。能：能够干什么。

㉖ 宗庙：帝王祭祀祖先的地方。宗庙之事：指的是帝王祭祀祖先这样的事情。

㉗ 如：或者。会同：古代诸侯朝见天子称做会同。

㉘ 端：礼服。章甫：礼帽。端章甫：就是说：穿上礼服，戴正礼帽。

㉙ 为：作为，担任。相：祭祀等重大典礼时的司仪。"愿为小相"：愿意做一个小小的司仪。

㉚ 鼓：弹奏。瑟（sè）：古代的一种乐器。希：即是"稀"字。在这里指瑟声渐渐稀疏。

㉛ 铿（kēng）尔：放下瑟时的声音。

㉜ 舍：放下。作：起来。公西华原来是坐着的。"作"表示略微起身跪着，以示恭敬。

㉝ 异乎：不同于。之撰（zhuàn）：所说的话。

㉞ 伤：妨害。

㉟ 亦：也不过是。

㊱ 暮春：指夏历三月。者：这个字和前面两个字组成"者"字词组，可以不译。

㊲ 春服：指夹衣。既成：已经穿在身上。

㊳ 冠者：成年人。古时候男子到二十岁，就要把头发束起来，戴上帽子，表示他已经长大成人了。

㊴ 童子：小孩子。

㊵ 浴：洗澡。乎：于。沂（yí）：沂河，在今山东省曲阜市南

面。

㊶ 风：吹风，乘凉。舞雩（yú）：祈求天神降雨的大台子。

㊷ 咏：唱歌。

㊸ 喟（kuì）然：形容叹息的样子。叹：感叹。

㊹ 与：这里表示赞成或同意的意思。

㊺ 后：最后出。

㊻ 已矣：罢了，而已。

㊼ 礼：礼节、礼仪。

㊽ 让：谦让。

㊾ 是：这样。故：所以。

㊿ 唯：语气词。非：不是。邦：国家。非邦：不是治理国家的事。

(51) 安：怎么。见：认为。安见：怎么能认为……

(52) 何：什么。非诸侯而何：不是诸侯是什么。

(53) 小：指前文讲的“愿为小相”。

(54) 孰（shú）：谁。

译过来

子路、曾皙、冉有和公西华四个人陪侍孔子坐着。

孔子说：“你们总以我比你们年长而受拘束，现在，不要把我当做长者。平时你们常说：‘别人不了解我呀！’如果有人了解你们，你们将干些什么呢？”

子路抢先回答说：“一个有一千乘战车的国家，夹在各个大国之间，受到军队的攻击，接着又遇上灾荒。如果让我去治理这样的国家，三年之后，我可以让这个国家的人民勇敢起来，并且使他们懂得礼仪。"

孔子微微一笑。

"冉有，你怎样呢？"

冉有回答说："一个方圆六七十里、或者五六十里的国家，我去治理，三年之后，我可以让这个国家的人民富裕起来。至于礼乐的教化，则不是自己所能做的，须等待有道德修养的人来做。"

"公西华，你怎样呢？"

公西华回答说："我谈不上能干出什么，说说我愿意学的事情。如果宗庙里有祭祀祖先的事，或者诸侯们来朝见天子，我就穿上礼服，戴上礼帽，心甘情愿地当个小小的司仪。"

"曾皙，你怎么办呢？"

曾皙正在弹瑟。他停下来放下瑟，起身回答说："我和三位同学不一样。"

孔子说："这没有什么大碍(ài)，他们也只是讲出各自的志向而已！"

曾皙说："春天来到后，穿上夹衣，和五六个大人、六七个孩子一起，在沂水河里洗澡，到祈雨的高台上让春风吹拂着，然后，唱着歌儿回来。"

孔子感叹着说："我同意曾皙说的呀。"

其他三位同学出去了，曾皙最后走出。曾皙问道："那三位同学说的怎么样？"

孔子说："只不过各自讲出自己的志向罢了。"

曾皙问："老师为什么笑子路的话呢？"

孔子说："治国要有礼节，子路说的太不谦让了，所以，我才笑他。"

"可是,冉有说的并不是治国的事啊?"

"怎么能认为方圆六七十里或者五六十里的小国就不是国家呢?"

"那么,公西华说的就不是治国的事了?"

"宗庙之事和诸侯朝见天子,不是诸侯应该做的事还会是什么呢? 如果公西华只能当小相,谁还能当大相呢?"

这篇文章较长,它通过孔子和四个学生的谈话表达了孔子的思想,同时,也展露了这四位学生各自的志向。其中,主要体现了儒家学派提倡用"礼乐"来治国的政治理想。文章通过孔子对每个学生的态度,表达了孔子的思想观点。他认为,子路的说法太不谦让,不合礼的要求;公西华懂得礼而且谦虚,但不应只为"小相"。他认为曾皙所说的,正是礼乐教化的结果,因此,倍加赞赏。

在艺术上,这篇谈话体的散文有独特的风格。文章在记叙谈话过程中,生动、形象地描绘出了孔子和四个学生的神态,每个人物各有特点,风度各异。文章的语言优美、流畅,能在简短的对话中,体现出主题,是一篇难得的优秀作品。

《墨　子》

非　攻①

今有一人，入人园圃②，窃其桃李③，众闻则非④之，上为政者得则罚之⑤。此何也？以亏人自利⑥也。至攘人犬豕鸡豚者⑦，其不义又甚入人园圃⑧窃桃李。是何故也？以亏人愈多⑨。苟⑩亏人愈多，其不仁兹甚⑪，罪益厚⑫。至入人栏厩⑬，取人马牛者，其

不义又甚攘人犬豕鸡豚。此何故也？以其亏人愈多。苟亏人愈多，其不仁兹甚，罪益厚。至杀不辜人⑭也，拖其衣裘⑮，取戈剑⑯者，其不义又甚入人栏厩取人马牛。此何故也？以其亏人愈多。苟亏人愈多，其不仁兹甚矣，罪益厚。为此⑰，天下之君子皆知而非之⑱，谓之不义。今至大为不义攻国⑲，则弗知非⑳，从而誉之㉑，谓之义。此可谓知义与不义之别乎㉒？

杀一人谓之不义，必有一死罪矣㉓，若以此说往㉔，杀十

人十重不义,必有十死罪矣;杀百人百重不义,必有百死罪矣。当此,天下之君子皆知而非之,谓之不义。今至大为不义攻国,则弗知非,从而誉之,谓之义,情㉕不知其不义也,故书其言以遗后世㉖。若知其不义也,夫奚说㉗书其不义以遗后世哉?

今有人于此㉘,少见黑曰黑㉙,多见黑曰白㉚,则必以此人为不知白黑之辩矣㉛;少尝苦曰苦,多尝苦曰甘㉜,则必以此人为不知甘苦之辩矣。今小为非,则知而非之;大为非攻国,则不知非,从而誉之,谓之义。此可谓知义与不义之辩乎?是以知天下之君子也,辩义与不义之乱㉝也。

讲一讲

① 非攻:选自《墨子·非攻》。《非攻》有上、中、下三篇,本篇选自上篇。《墨子》一书是墨子的学生们写成的,记录了墨子和他的学生们的言行,反映出墨家的基本主张。墨子:姓墨名翟(dí),春秋战国时期宋国人。大约生于公元前468年,死于公元前376年。是墨家的创始人。他主张兼爱,即应该没有差别、一律平等地爱一切人,不分阶级和种族;他主张非攻,认为不应该攻打别人,发动战争;他还主张勤俭节用,反对过于繁饰的礼乐;他重质而轻文,弃华而求实。他的尚同、尚贤、非攻、尊天等思想和儒家思想大致相同,但他的兼爱、节用、非乐、非命思想又与儒家思想相对立。《墨子》一书现存五十三篇。非:反对。攻:攻打。

② 园圃(pǔ):果园和菜园。

③ 窃(qiè):偷。桃:桃子。李:李子。

④ 众闻：大家听说（这件事）。非：责备。

⑤ 上：上面，指统治者。为政者：执政的人。得：抓住。罚：惩罚。

⑥ 以：因为。亏人自利：损害别人的利益而使自己得到好处。

⑦ 至：至于。攘（rǎng）：是"偷"的意思。犬：狗。豕（shǐ）：猪。豚：指小猪。

⑧ 义：合乎道德。甚：比……厉害。

⑨ 愈：更加。愈多：更多。

⑩ 苟：假如。

⑪ 仁：仁爱。兹：通"滋"，在这里当"更加"讲。兹甚：更厉害。

⑫ 罪：罪过。益：更加。厚：重。

⑬ 厩（jiù）：马圈。栏厩：饲养牛、马等牲畜（chù）的地方。

⑭ 不辜（gū）之人：没有罪的人。

⑮ 拖：抢夺。裘（qiú）：毛皮做的衣服。

⑯ 取：抢夺。戈（gē）：古代的一种兵器。剑：佩剑。

⑰ 为此：对这种情况。

⑱ 皆：全部。知而非之：知道其中的道理，并责备这种行为。

⑲ 至大为不义攻国：最严重的是违反道德，攻打别的国家。

⑳ 则：就。弗（fú）：不。

㉑ 从：跟从，跟着别人。誉：赞扬。

㉒ 别：区别。乎：疑问语气词。这句话是说：这能够说是懂得合乎道德与违背道德的区别吗？

㉓ 必有一死罪矣：必定构成一重死罪了。

㉔ 说：说法。往：推论。若以此说往：如果按这个说法推论。

㉕ 情：诚。在这里当"真的"讲。

㉖ 书：写，当"记载"讲。遗（wèi）：留给。后世：后代的人。

㉗ 夫：句首语气词，没有实际意义。奚（xī）：怎么。说：解释。

㉘ 于此：在这里。

㉙ 少见：不常看见。

㉚ 多见：经常看见。

㉛ 以：把。为：看做，当成。辩：区别。这句话的意思是：那么人们一定会把这个人看做是不知道黑和白的区别的人了。

㉜ 甘：甜。

㉝ 乱：混乱。

现在有人到别人的果园里偷桃子和李子，大家知道以后，都会责备他，上面执政的人捉住他，也要惩罚他。这是为什么呢？这是因为他为了使自己得到好处，损害了别人的利益。至于偷窃别人的猪、狗、鸡和小猪，其情节则又比进入人家果园偷桃子和李子更严重。这是什么原因呢？这是因为他更严重地损害了别人的利益。如果损害别人利益越多，那么不仁爱的程度就越严重，罪过就越大。至于进入别人的牛棚马圈偷别人的牛马，其情节又比偷窃人家的猪、狗、鸡和小猪更严重。这是什么原因呢？因为他更多地损害了别人的利益。更多地损害别人的利益，不仁爱的程度就更严重，罪过就更大。至于杀害无罪的人，抢走人家的衣服和毛皮大衣，夺去人家的戈和剑，不合理的程度又比进入别人的牛棚马圈偷走牛马更严重。这是什么原因呢？因为他更多地损害了别人的利益。更多地损害别人的利益，不仁爱的程度就更严重，罪过就更深。这些情况，天下的君子，都能懂得其中的道理，他们责备这些行为，认为这是不"仁义"的事情。现在，对于攻打别人国家这样的最严重的事情，却不知道去责备，而且跟着别人赞扬这件事，认为这是仁义的。这能说是懂得合乎道德与违背道德的区别吗？

杀一个人，如果说是违背道德，必定有一重死罪。按照这种说法类推，杀十个人，就是十倍的违背道德，必定有十重死罪；杀一百个人，就是百倍的违背道德，必定有百重死罪。这些情况，天下的君子都知道其中的道理，责备杀人的行为，说这是不仁义的。现在，对于去攻打别人的国家这样最严重的违反道德的事却不知道去责备，而跟从别人赞扬这件事，说这是很仁义的。确实不知道攻打别人的国家是不仁义的，因而才会把赞扬这件事的话记载下来，留给后世。如果知道了这件事不仁义，怎么还能解释记载这些不仁义的事以留给后世呢？

现在有人，少见黑色，说黑色是黑色的，见黑色多了，却说黑色是白色的，那么这个人一定会被认为是不知道黑色和白色的区别；少尝苦味，说苦味是苦的，尝苦味多了，却说苦味是甜的，那么这个人一定会被认为是不知道苦和甜的区别。现在犯了小的过错，人们懂得这是过错而予以责备，犯了攻打别人国家的大错，却不知道这是错误，也不做出责备，并且跟着别人赞扬这件事，说这是仁义的。这能说是知道仁义与不仁义的区别吗？从这里可以知道天下的君子们到底怎样，人们在区别合乎道德与违背道德时混乱到了什么程度。

先秦诸子散文

这篇文章主要宣扬墨家反对战争，反对攻伐的思想。

在墨子生活的时代有许多诸侯国。这些诸侯国，为了争夺地盘，争夺财富，经常发动战争，互相厮（sī）杀，使人民饱受战乱之苦，生活不得安宁。针对这些情况，墨子提出了"非攻"、"兼爱"等思想，目的是希望统治阶级停止这样的战争，实现互相友爱。

在这篇文章中，墨子提出：偷人家的东西与攻打别人的国家，都是不道德、不合理的事情。它们的区别只不过是"大不义"与"小不义"的区别。但是，人们只知道偷东西，甚至杀人才是不道德，不合理的，没有认识到攻打别人的国家、乱杀乱伐也是不道德的。文章从另一个侧面，批评并讥讽了这些所谓的"君子"们，希望人们能够认清这一点，从而停止战乱。

这篇文章，在艺术技巧上运用了由小到大、由轻到重的推理方法，一步步揭示主题，逻辑性很强。在文字上，虽然篇幅不长，但墨子却通过列举一个个事例，一层层地说明自己的观点，突出所要论述的主题。语言恳切感人，是一篇很有特色的论辩文。

公　输①

公输盘为楚造云梯之械②，成，将以攻宋③。子墨子闻之④，起于齐⑤，行十日十夜而至于郢⑥，见公输盘。

公输盘曰："夫子何命焉为⑦？"

子墨子曰："北方有悔臣者⑧，愿藉子杀之⑨。"

公输盘不说⑩。

子墨子曰："请献千金⑪。"

公输盘曰："吾义⑫固不杀人。"

子墨子起，再拜，曰："请说之⑬。吾从北方，闻子为梯，将以攻宋。宋何罪之有？荆国有余于地⑭，而不足于民，杀所不足而争所有余⑮，不可谓智⑯；宋无罪而攻之，不可谓仁；知而不争⑰，不可谓忠；争而不得，不可谓强。义不杀少而杀众⑱，不可谓知类⑲。"

公输盘服。

子墨子曰："然，胡不已乎⑳？"

公输盘曰："不可，吾既已言之王矣㉑。"

子墨子曰："胡不见我于王㉒？"

公输盘曰："诺㉓！"

子墨子见于王，曰："今有人于此，舍其文轩㉔，邻有敝舆㉕，而欲窃之；舍其锦绣㉖，邻有短褐㉗，而欲窃之；舍其粱肉㉘，邻有糠糟㉙，而欲窃之。此为何若人㉚？"王曰："必为窃疾㉛矣。"

子墨子曰："荆之地，方五千里，宋之地，方五百里，此犹㉜文轩之与敝舆也；荆有云梦㉝，犀兕麋鹿满之㉞，江汉之鱼鳖鼋鼍㉟为天下富，宋所为无雉兔鲋鱼㊱者也，此犹粱肉之与糠糟也；荆有长松、文梓、梗、楠、豫章㊲，宋无长木，此犹锦绣之与短褐也。臣以三事之攻宋㊳也，为与此同类㊴，臣见大王之必伤义而不得。"

王曰："善哉！虽然，公输盘为我为云梯㊵，必取宋。"

于是见公输盘。子墨子解带为城㊶，以牒为械㊷，公输盘九设攻城之机变㊸，子墨子九距㊹之；公输盘之攻械尽㊺，子墨子之守圉有余㊻。

公输盘诎㊼。而且："吾知所以距子㊽矣，吾不言。"

子墨子亦曰："吾知子之所以距我，吾不言。"

楚王问其故。子墨子曰："公输子之意，不过欲杀臣。杀臣，宋莫能守，乃可攻也。然臣之弟子禽滑厘㊾等三百人，已持臣守圉之器㊿，在宋城上而待楚寇[51]矣。虽杀臣，不能绝[52]也。"楚王曰："善哉！吾请无攻宋矣。"

子墨子归，过宋，天雨[53]，庇其闾中[54]，守闾者不内[55]也。故曰："治于神者[56]，众人不知其功；争于明者，众人知之。"

讲一讲

① 公输：选自《墨子·公输》。

② 公输盘：姓公输，名盘。盘字也写做"般"、"班"。他是战

国时期鲁国人,所以又叫鲁班,是当时的能工巧匠,木匠活儿做得特别好,传说,刨子和锯都是他发明的。他是我国古代传说中最有智慧、最灵巧的人之一。楚:楚国。约在今天湖北省这块地方。云梯:攻城的器械,传说,这种梯子高可入云,所以叫"云梯"。械:器械,工具。

③ 宋:宋国。在今天河南省境内。战国时代,宋国是个小国。

④ 闻:听说。

⑤ 起:起程。齐:齐国。在今山东省境内。起于齐:从齐国起程。

⑥ 郢(yǐng):地名,楚国国都。在今天湖北省江陵县北。

⑦ 夫子:指墨子。子:尊称,当"先生"讲。命:指教。为:疑问助词。这句话意思是说:先生到这里有什么指教?

⑧ 侮:欺侮。臣:这里是墨子对自己谦虚的称呼。

⑨ 愿:希望。藉(jiè):借助。这句话是说:希望借助您的力量杀了他。

⑩ 说(yuè):高兴、愉快。

⑪ 请:请求。这句话是说:请求你允许我献给你千金的报酬(chóu)。

⑫ 吾义:我是讲道理的。

⑬ 请:请允许。请说之:请允许我说说这件事儿。

⑭ 荆国:就是楚国。周朝时,楚国建国在荆山一带,所以,也叫荆国。余:多余。于地:在地域方面。

⑮ 杀:杀害。在这里当"葬送"讲。争:抢夺。这句话是说:葬送本来就不多的人民去争抢本来就多余的土地。

⑯ 智:聪明。

⑰ 争:劝阻。

⑱ 少:指上面说的北方欺侮墨子的人。众:指楚国攻打宋国的战争中将要因战争而死的士兵。

⑲ 类:指类推的方法。知类:指懂得类推的道理。

⑳ 胡:为什么。已:停止。

㉑ 既已:已经。这句话是说:"我已经向楚王说了。"

㉒ 见:引见。于:向。

㉓ 诺:答应的声音。表示同意。

㉔ 文轩:用彩色花纹装饰的车子。

㉕ 敝舆:破车。

㉖ 锦绣:有彩色花纹的丝织品。

㉗ 短褐(hè):古代贫贱的人所穿的粗布衣。

㉘ 粱肉:精美的饭菜。

㉙ 糠(kāng):谷皮。糟(zāo):造酒剩下的酒渣。

㉚ 何若人:怎样的人?

㉛ 为:是。窃疾:爱偷窃的毛病。

㉜ 犹:就像,好像。

㉝ 云梦:楚国境内的大泽名。

㉞ 犀(xī):犀牛。兕(sì):一种野牛。麋(mí):鹿的一种。

㉟ 江:指长江。汉:指汉水。鼋(yuán):是龟的一种。鼍(tuó):一种鳄鱼。

㊱ 雉(zhì):野鸡。鲋鱼:鲫(jì)鱼。

㊲ 文梓(zǐ):纹理很密的梓木。楩(pián):横楩木。楠(nán):楠木。豫章:樟木。

㊳ 以:认为。三事:也写做“三吏”,指楚国的三位大臣。在这里因为不便于直接说是楚王想要攻打宋国,所以,只说是他的三位大臣想攻打宋国。这是一种很委婉的说法。

㊴ 为:是。同类:同样的(道理)。

㊵ 第一个“为”是介词,作“给”、“为”讲,第二个“为”是动词,意为“制造”。

㊶ 解带为城:解下衣服带子当做城墙。

㊷ 牒:小木片。械:武器。

㊸ 九设攻城之机变:九次设置了随机应变的攻城方法。

㊹ 距:抵挡。

㊺ 攻械:攻城的器械。尽:完。

㊻ 守:防守、守卫。圉(yǔ):通“御”,阻止。余:多余。这里指防卫的办法还多着呢。

㊼ 诎(qū):当“屈服”讲。

㊽ 所以:用什么方法。距子:抵挡你。

㊾ 禽(qín)滑(gǔ)厘:人名,是墨子的学生。战国时期魏国人。

(50) 已持:已经拿着。器:武器。

(51) 寇:侵略,入侵。

(52) 绝:尽,完。

(53) 天雨:天上正在下雨。雨:在这里是动词,当“下雨”讲。

(54) 庇:遮蔽。这里指避雨。闾(lǘ):指里巷的大门。

(55) 内:接纳的意思。

(56) 治:从事。神:微妙的工作。人们不可揣测的大智大慧。

公输盘给楚国制造云梯这种攻城用的器械,造成以后,将要用它攻打宋国。墨子先生听说这件事以后,从齐国起程,走了十天十夜,来到郢,见到了公输盘。

公输盘问:"先生到这里来有什么指教吗?"

墨子先生说:"北方有一个人欺侮了我,我希望借助您杀了他。"

公输盘不高兴。

墨子先生说:"请允许我给您千金作为报酬。"

公输盘说:"我是讲道理的,从来不杀人。"

墨子先生站起来,行了再拜的礼节,说:"请允许我说一说这件事情。我从北方来,听说您在制造云梯,准备用它来攻打宋国,宋国有什么罪呢?楚国的土地绰绰有余,但人民不足。牺牲已经非常少的人民,而去夺取多余的土地,不能说是聪明;宋国没有罪过而去攻打它,不能说是仁爱;知道这个道理而不去劝阻,不能说是忠诚;劝阻而没有达到目的的,不能说是刚毅有力。讲求道德不杀害少数的人而杀害多数的人,不能说是懂得类推的道理。"

公输盘信服了。

墨子先生说:"既然这样,为什么还不制止这件事呢?"

公输盘说:"不行。我已经向楚王说了。"

墨子先生说:"为什么不把我引见给楚国的国王呢?"

公输盘说:"好吧!"

墨子先生见到了楚王,说:"现在这儿有一个人,他自己有彩色花纹装饰的车子,但他却看上了邻居家的破车,想偷过来;他自己有丝织的绣花衣服,但他却看上了邻居的粗布衣服,想把它偷过来;他自己家有精美的饭菜,但他却看上了邻居家的谷皮和酒渣,想把它也偷过来。这是个什么样的人呢?"楚王说:"这个人一定是有偷盗的毛病呀。"

墨子先生说:"楚国的地域,方圆五千里,而宋国的地域,方圆只有五百里,这就像是彩色花纹装饰的车子和破车的比较呀;楚国有大泽云梦,犀牛、野牛、麋鹿之类,到处都有,长江和汉水里的鱼、鼋、鳄鱼之类是天下最多的,但是宋国连野鸡、兔子、鲫鱼之类也没有,这就像精美的饭菜与谷皮酒渣的比较呀;楚国有长松树、文梓树、黄楩树、楠树,还有樟树,而宋国连棵高树都没有,这就像丝织的绣花衣服和粗布衣服的比较呀。我认为,您的三位大臣要攻打宋国,这和前面说的是一个道理。我认为这样做,您一定会损害了道德而又什么也得不到。"

楚王说:"说得好!虽然这样,可是,公输盘已经给我造了攻打城防的云梯,我们一定能夺取宋国。"

于是,墨子又去见公输盘。墨子先生解下自己的衣服带子当城墙,拿小木片当武器,公输盘设计了九次随机应变的攻城方案,墨子先生九次"打败"了他。公输盘攻城的工具用完了,而墨子先生守城的办法还有许多。

公输盘认输了。但他却说:"我知道该怎样来攻打你,但是我不说。"

墨子先生也说:"我知道您想用什么办法来攻打我了,我也不说。"

楚王问其中的原因。墨子先生说:"公输先生的意思,只不过是想杀了我，杀了我，宋国就守不住了，就可以攻打下来。但是，我的学生禽滑厘等三百多人，已经拿着我守卫城墙的武器，在宋国的城墙上，等待抵抗楚国的侵略了。虽然把我杀了，但总不能杀完他们吧。"楚王说："说得好！我允许不攻打宋国了。"

墨子先生回来的时候，路过宋国，正赶上下雨，他想到里门去避雨，但是，守卫里门的人不让他进来。所以说："在无形中致力于消除战祸的大智大慧，大家都不知道他的功绩，而急于表现小智小慧的人，却容易被大家所知道。"

帮你读

这篇文章，记述了墨子反对攻伐，反对战乱的一件具体事实，反映了墨子"非攻"的思想。

这件事发生在楚惠王时代，大约在公元前 440 年之前。当时，墨子反对大国欺侮小国，劝阻人们制止战乱的思想，是正义的。

为了消除战争，墨子不惜长途跋（bá）涉，从北方来到楚国，劝说公输盘和楚王不要进攻弱小的宋国。他从道德仁爱的角度，用设比喻、讲道理的方法和机智灵活的攻防实际演习，有力地说明了自己的观点，从而使楚王和公输盘放弃发动战争的计划。

这篇文章，运用简单的道理来进行辩论，说服力很强。在语言描写上，生动、形象，而且人物的性格、特点也十分鲜明。墨子为了实现自己的主张，不辞艰辛，从北方来到南方而据理以争的精神，实在难能可贵。公输盘忠诚、灵巧，也表现得很出色。文章以时间顺序为线索，把事情的来龙去脉记叙得很清楚，使读者很容易了解全部过程。

先秦诸子散文

《孟　子》

寡人之于国也①

梁惠王②曰:"寡人之于国也,尽心焉耳矣③。河内凶④,则移其民于河东⑤,移其粟⑥于河内;河东凶亦然⑦。察邻国之政⑧,无如寡人之用心者;邻国之民不加少⑨,寡人之民不加多,何也?"

孟子对曰:"王好战⑩,请以战喻⑪。填然鼓之⑫,兵刃既接,弃甲曳兵而走⑬。或百步而后止⑭,或五十步而后止。以五十步笑百步⑮,则何如?"

曰:"不可,直不百步耳⑯,是亦走也⑰。"

曰:"王如知此,则无望民之多于邻国也⑱。不违农时,谷不可胜食也⑲;数罟不入洿池⑳,鱼鳖不可胜食也;斧斤以时时入山林㉑,材木不可胜用也。谷与鱼鳖不可胜食,材木不可胜用,是使民养生丧死无憾也㉒。养生丧死无憾,王道之始也㉓。"

"五亩之宅,树之以桑㉔,五十者可以衣帛也㉕;鸡豚狗彘之畜㉖,无失其时㉗,七十者可以食肉矣;百亩之田,勿夺其时㉘,数口之家,可以无饥矣;谨庠序之教㉙,申之以孝悌之义㉚,颁白者不负戴于道路矣㉛。七十者衣帛食肉,黎民不饥不寒㉜,然而不王㉝者,未之有也。"

"狗彘食人食而不知检㉞,途有饿莩而不知发㉟;人死,则曰:'非我也,岁㊱也。'是何异于刺人而杀之㊲,曰:'非我也,兵㊳也。'王无罪岁㊴,斯天下之民至焉㊵。"

① 题目是编者所加。选自《孟子·梁惠王上》中的第三节。《孟子》是我国战国时期儒家的重要学术著作,集中反映了孟子的思想。孟子,姓孟名轲,字子舆,战国时邹(zōu)人,也就是现在山东省邹县人。他大约生于公元前372年,死于公元前289年,是孔子之后儒家学派的主要代表。在政治上,他主张法先王,行仁政,抨击当时的暴君暴政,提出了一套比较完整的儒家政治思想。在学术上,他推崇孔子,攻击杨朱(战国初期的哲学家,主张"贵生"、"重己"等)和墨翟。孟子曾经周游列国,但没有被重用。后来,他和学生一起著书,流传下来的有《孟子》七篇。寡人:古代君王的自称。于:对于。国:国家。在这里指国事。

② 梁惠王:即魏惠王,名罃(yīng),"惠"是他的谥号。他是

战国时魏国的国君。因为他的父亲魏武侯于公元前362年由旧都安邑(yì)迁到大梁,就是现在的河南开封,所以,他又叫梁惠王。

③ 焉、耳、矣:都是语气助词,重叠使用,加重语气。

④ 河内:指现在的河南省济源县一带。凶:灾荒。

⑤ 河东:指现在的山西省安邑县一带。

⑥ 粟(sù):粮食。

⑦ 亦然:也是这样做。

⑧ 察:观察,考察。政:治理国家的政务。

⑨ 加少:减少。下文的"加多"与"加少"在意义上相反,当"增多"讲。

⑩ 好(hào):喜欢。战:战争。

⑪ 请:请允许。喻:比喻。

⑫ 鼓:战鼓,古代打仗时,用鼓来指挥军队的进退等。填然鼓之:战鼓咚咚一响。

⑬ 弃:抛弃。甲:盔甲,作战时穿在身上保护身体的衣服和帽子。曳(yè):拖着。兵:兵器。走:逃跑。

⑭ 或:有的。百步:跑了一百步。止:停止。

⑮ 笑:嘲笑。

⑯ 直:在这里当"只不过"讲。耳:语气词,罢了。

⑰ 是:这。

⑱ 无望:不要希望。

⑲ 谷:谷物。胜(shēng):尽。食:吃。

⑳ 数(cù):细密。罟(gǔ):鱼网。洿(wū):深。池:水很深的池泽。

㉑ 斤：斧子一类的工具。以时：按一定时节。

㉒ 生：活着的人。丧：办理丧事。丧死：为死者办理丧事。憾：遗憾。

㉓ 始：开端。王道：统治者以仁爱治理国家的方法。

㉔ 树：植。桑：桑树，桑叶可用来养蚕。

㉕ 衣（yì）：作动词用，穿上。帛（bó）：丝织的衣服。

㉖ 豚：小猪。古代小猪只用来祭祀。

㉗ 无失其时：古代规定，对于小鸡、小狗、小猪之类，不准在没有长大之前杀吃。无失其时：不要失去养育的时机。

㉘ 勿（wù）：不要。勿夺其时：不要失掉耕作的大好时机。

㉙ 谨：慎重。在这里可当"认真"讲。庠（xiáng）序：学校。教：教育。

㉚ 孝：孝顺父母。悌（tì）：敬爱兄长。义：道德，这里指"孝悌"这种道德风气。

㉛ 颁白者：头发斑白的老人。负：背着东西。戴：顶着东西。于道路：在路上奔走。

㉜ 黎民：指老百姓。

㉝ 王（wàng）：成功地做好帝王，成功地统治天下。

㉞ 食（sì）：给……吃。人食：人吃的东西，检：也作"敛"（liǎn），收敛。

㉟ 途：路上。莩（piǎo）：饿死的尸体。发：发放，这里指发放救济的粮食。

㊱ 岁：年景。这里是说年景不好。

㊲ 异：不同。刺人而杀之：把人刺死。

㊳ 兵：兵器。兵也：是兵器的罪过。

㊴ 无：不。罪：责怪。

㊵ 斯：连词，"这就"的意思。

 译过来

梁惠王说："我对国家，真是费尽心力了。河内发生了灾荒，我就把河内的百姓迁移到河东，再给河内调运一些粮食。河东发生了灾荒，也是这样做。观察邻国的政策，没有比我更尽心的了。然而，邻国的人民没有减少，我国的人民没有增多，这是为什么？"

孟子回答说："君王喜欢战争，请允许我用战争来作比喻。战鼓咚咚一响，刀锋枪尖刚刚互相接触，就抛弃了盔甲，倒拖着兵器向后逃跑。有人跑了一百步以后停下来，有人跑了五十步以后停下来。跑了五十步的人嘲笑跑了一百步的人，这怎么样呢？"

梁惠王说："不能这样做，这仅仅是没跑到一百步罢了，但这也是逃跑呀。"

孟子说："您如果懂得了这个道理，那么，就不要再希望您的国民比邻国的多了。如果不违反耕种的时机，粮食就吃不完；不用细密的网在深的池泽中捕捉小鱼，鱼虾之类就吃不完；如果按着一定的时节砍伐树木，木材就用不完。粮食、鱼虾之类吃不完，木材用不完，这样就可使百姓在养育活着的人和为死者办丧事时没有什么可以遗憾的。老百姓对养育活着的人和为死者办丧事没有什么遗憾，也就是以仁爱治国的'王道'的开端。"

"五亩大的宅园种上桑树，五十岁以上的人可以穿上丝织的

衣服；对鸡、狗、猪之类的家畜养育及时，七十岁以上的人可以吃上肉；百亩的农田，不失去及时耕作的时机，人口不很多的家庭可以不受饥饿；认真办好学校，用孝顺父母、敬爱兄长的道理加以训导，那么，头发斑白的老人就不会头上顶着东西或背上背着东西，自己在路上奔走了。七十岁以上的人穿上丝织的衣服，吃上肉，老百姓不受冻挨饿，做到这样，还不能使天下顺服的事，从来没有过"。

"给猪狗吃人吃的东西而不知道收敛，路上有饿死的人而不知道打开仓库加以救济。人死了，却说：'不是我的责任，是因为年景不好'。这和用刀杀死了人却说：'不是我的责任，是刀的罪过'，有什么不同呢？如果君王您不再责怪年景不好，这样，天下的人民就都会投奔而来了。"

帮你读

在这篇文章中，孟子针对梁惠王希望自己国家的人民能够增多的愿望，进行了一番论说。从而提出了要想增加人口，必须在治理国家时实行"王道"，尽心尽力关心民众的疾苦的论点。

孟子用"五十步笑百步"的生动例子作为比喻，来启发梁惠王，使他认识到，只有让人民"养生丧死而无憾"，达到生活上的安定，才是最根本的治国方法。如果把人民受冻挨饿推罪于年景不好，同时自满于"移民"、"移粟"的救济政策，那么，想要增加人口，只能是一句空话。

最后，孟子用"狗彘（zhì）食人食而不知检"等精练、生动、深刻的语言，对梁惠王"罪岁"而不责己的错误思想，进行了尖锐的、辛辣的批评。他指出，不能再责怪年景不好，必须在政治上实行"王道"，才能使天下的人民归顺自己，得到人民的拥护。

文章的论点明确，论证有力，论据充分，具有很强的说服力，体现出《孟子》一书的论辩特色。

王顾左右而言他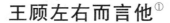①

　　孟子谓齐宣王②曰："王之臣有托其妻子于其友而楚游者③，比其反也④，则冻馁⑤其妻子，则如之何⑥？"

　　王曰："弃之⑦。"

　　曰："士师不能治士⑧，则如之何？"

　　王曰："已之⑨。"

　　曰："四境之内不治⑩，则如之何？"

　　王顾左右而言他。

讲一讲

　　① 题目是编者所加。选自《孟子·梁惠王下》第六节。顾：回过头看。顾左右：左右张望。言他：谈论其他的事。

　　② 谓：告诉。齐宣王：姓田，名辟疆，是战国时田氏齐国的第四代国君。他统治齐国是从公元前342年，到公元前324年。

　　③ 臣：臣民。托：委托，托付。妻子：妻子和孩子。楚游：到楚国游历。

　　④ 比：等到。反：同"返"，回来。

　　⑤ 馁（něi）：饿。冻馁：使动用法，使……受冻挨饿。

　　⑥ 则如之何：这怎么办？

　　⑦ 弃：放弃，抛弃，在这里指绝交。

　　⑧ 士师：古代官职名，掌管刑罚、诉讼等事。士：指"士师"的

下属。

⑨　已：停止。在这里当"罢免"讲。

⑩　境：国境。四境之内：指国内。

 **译过来**

孟子对齐宣王说："在您的百姓里，有一个人把他的妻子和孩子托付给朋友照顾，自己到楚国去游历，等到他回来，他的妻子和孩子却在受冻挨饿，对这样的朋友，应该怎么办呢？"

齐宣王说："和他绝交。"

孟子说："管理刑罚的长官，不能很好地管理他的下级，该怎么办呢？"

齐宣王说："罢免他的官职。"

孟子说："一个国家的事务没有治理好，那该怎么办呢？"

齐宣王回过头去，左右张望，故意谈论其他的事。

 **帮你读**

这篇文章是《孟子》中的名篇，也是我国古代散文中的名篇之一。

在这篇文章中，孟子对齐宣王对国家大事不负责任的治国态度进行了批评，同时启发齐宣王认真对待国家的事务。

这是一篇生动的论辩文。文辞尖锐、犀（xī）利，行文中采用了提问的方法，推出论点。孟子首先从最简单、最明显、最容易判断的事件开始，把不合情理的小事放在最前面，以启发、诱导对方明白自己的态度，提出分论点。然后，逐步深入，把"四境之内不治，则如之何?"的问题，摆在齐宣王面前，由浅入深，以小见大，前后形成鲜明的对照，总论点不说也非常明白了。这样实际上对齐宣王提出了尖锐的批评，体现了这篇文章独特的论辩艺术。

另外，文章的分论点、总论点清楚明白，文辞雄辩有力，逻辑性很强，有不可辩驳的内在力量。

先秦诸子散文

天时不如地利①

　　孟子曰："天时不如地利,地利不如人和②。三里之城③,七里之郭④,环而攻之而不胜⑤。夫环而攻之,必有得天时者矣⑥;然而不胜者,是天时不如地利也。城非不高,池非不深⑦,兵革非不坚利⑧也,米粟非不多也;委而去之⑨,是地利不如人和也。故曰:域民不以封疆之界⑩,固国不以山溪之险⑪,威⑫天下不以兵革之利。得道者多助⑬,失道者寡助⑭。寡助之至⑮,亲戚畔之⑯;多助之至,天下顺之⑰。以天下之所顺,攻亲戚之所畔,故君子有不战,战必胜矣⑱。"

 讲一讲

　　① 题目是编者所加。选自《孟子·公孙丑下》第一节。天时:指有利的时令、气候。地利:指有利的地理位置、地理形势。

　　② 人和:指民众心齐。

　　③ 城:内城。古代的城分两层,里边的一层叫城,外面的一层叫郭。三里之城:周围长三里的内城。

　　④ 七里之郭:周围长七里的外城。"三里之城,七里之郭"属于小城小郭。

　　⑤ 环:围。在这里当"包围"讲。不胜:不能取得胜利。

　　⑥ 必有得天时者矣:一定有合乎天时的战机。

　　⑦ 池:护城河。

⑧ 兵：兵器。革：甲衣。坚利：坚固锋利。

⑨ 委：放弃。去：离开。

⑩ 域：在这里当"限制"讲。封疆之界：划定的边疆界线。

⑪ 固国：巩固国防。山溪之险：山川河流的险峻。

⑫ 威：建立威信。

⑬ 得道：指掌握治理国家的根本方法，也就是行"仁政"。助：帮助，支持。

⑭ 寡（guǎ）：少。

⑮ 之至：到了极点。

⑯ 亲戚：亲属。畔：同"叛"，背叛。

⑰ 顺：归顺，服从。

⑱ 故君子有不战，战必胜矣：那么，君子可能不进行战争，但如果进行战争，就一定会取得胜利。

译过来

　　孟子说："趁着适宜的时令、气候，不如占据有利的地理位置，而有利的地理位置又比不上民众的精诚团结。对一座内城三里、外城七里的小城来说，包围起来攻打，但是却没有胜利。对一座城包围起来攻打，一定趁适宜的时令，但是仍然不能取得胜利，原因是趁着适宜的时令不如占有有利的地形。城墙并不是不高，护城河并不是不深，兵器、甲衣也不是不锋利坚固，粮食也不是不充足，但是，却放弃了城防而逃走，这说明占有有利的地形不如拥有精诚团结的民众。所以说，限制百姓，不能只靠国界；巩固国防，不能只依靠山河的险峻；建立自己在天下的威信，也不能只依靠武器的坚固锋利。只有掌握了治理民众的根本方法，行"仁政"，才能得到大多数人的支持，而不按治理民众的根本方法办事，支持的人就少。如果支持的人少到极点，连自己的亲属也会背叛自己；支持自己的人多到了极点，天下所有的人都会顺从。用天下顺从的力量去攻打连亲属都背叛的人，那么，君子可以不进行战争，如果进行战争，就一定会取得胜利。"

帮你读

这篇文章，通过论述战争，阐明了治理国家应该掌握治理民众的根本方法，即行"仁政"的道理。

孟子认为，一个国家的强盛，不能只依靠武力的强大，也不能只依靠山川河流的险要和城池的高深。治理国家，最重要的是要在政治上施行"仁政"，获得民众的支持，依靠正义，取得民心。只有这样，才能使国家强盛起来。他还认为，战争胜败的关键因素不是天时和地利，而是人心的向背。因此，他以"得道者多助，失道者寡助"的观点，劝说统治者在治理国家时，应该着重从政治上考虑，首先获得"人和"，只有这样才能建立起自己在民众中的威信。

在艺术上，孟子的论述非常严密，有很强的逻辑性，很有说服力。文章首先从"天时不如地利，地利不如人和"两个分论点入手，然后经过深入地分析，最后提出"得道者多助，失道者寡助"的总论点。文章条理清楚，论证有力，使最后的观点合情合理，无可辩驳。

齐人有一妻一妾①

齐人有一妻一妾而处室②者，其良人出③，则必餍酒肉而后反④。其妻问所与饮食者⑤，则尽富贵⑥也。其妻告其妾曰："良人出，则必餍酒肉而后反；问其与饮食者，尽富贵也，而未尝有显者来⑦，吾将瞷良人之所之也⑧。"

蚤⑨起，施从⑩良人之所之，遍国中无与立谈者⑪。卒之东郭墦间⑫，之祭者⑬，乞其余⑭；不足，又顾而之他⑮——此其为餍足之道也⑯。

其妻归，告其妾，曰："良人者，所仰望而终身也⑰，今若此——"与其妾讪⑱其良人，而相泣于中庭⑲，而良人未之知也⑳，施施㉑从外来，骄其妻妾㉒。

由君子观之㉓，则人之所以求富贵利达㉔者，其妻妾不羞㉕也，而不相泣者，几希㉖矣。

① 题目是编者所加。选自《孟子·离娄下》第三十三节。本文题目是参照一般选本拟加的。齐人：齐国人。妾（qiè）：旧时男人在妻子以外，另娶的女人叫做"妾"。

② 处：居住。室：家。处室：一起过日子。

③ 良人：丈夫。出：外出。

④ 餍（yàn）：饱食。反：同"返"，回来。

⑤ 与：一起。饮食者：吃饭喝酒的人。

⑥ 富贵：富贵的人。

⑦ 显者：显赫的人。

⑧ 瞷（jiàn）：偷看。

⑨ 蚤（zǎo）：即"早"字。

⑩ 施（yì）：跟从。

⑪ 国中：城中。立谈：站着谈话。

⑫ 卒（zú）：终于，最后。之：到，去。墦（fán）：坟地。

⑬ 之：向。祭者：祭坟的人。

⑭ 乞：乞讨。余：剩下的东西。

⑮ 他：其他的地方。

⑯ 道：方法。

⑰ 仰望：依靠。终身：寄托终生的意思。这句话的意思是说：丈夫是我们终生的依靠。

⑱ 讪（shàn）：报怨。

⑲ 相：共同的意思。相泣：一起哭。中庭：即"庭中"。

⑳ 未之知也：即"未知之也"，不知道这件事。

㉑ 施施：形容得意洋洋的样子。

㉒ 骄：骄傲，自得。骄其妻妾：在他妻妾面前感到很骄傲。

㉓ 观：看。由君子观之：由君子看来。

㉔ 利：发财。达：成名。

㉕ 羞：羞耻。

㉖ 几希：很少。

译过来

　　齐国有个人，家里有一妻一妾，在一起过日子。她们的丈夫出去，就必然要酒足饭饱之后才回来，他的妻子问他和什么人在一起吃喝，他说都是些富贵的人。他的妻子告诉他的妾说："丈夫出去，必然吃得酒足饭饱才回来；我问他和什么人在一起吃喝，他告诉我说都是些富贵的人。但是，从来也没见过有显赫的人来过咱们家，我想偷偷地看看他到底去了什么地方。"

　　第二天早晨起来，她跟在丈夫后面，走遍城中，没有看见一个和丈夫站在一起谈话的人。最后，一直来到了东城外的坟地里，看见丈夫向祭坟的人乞讨祭坟剩下的残菜剩饭；不够，又到其他地方乞讨。这就是他酒足饭饱的方法。

　　他的妻子回来，把这件事告诉了他的妾，说："丈夫，是我们终身依靠的人，现在，竟是这样。"于是，两人一起报怨起她们的丈夫来，并且一起在家里哭起来。而她们的丈夫不知道这件事，仍然得意洋洋地从外边回来，在他的妻子和妾面前，显出一副骄傲的神气。

　　由君子看来，这种用乞讨的方法来达到升官发财、富贵成名的人，其妻、妾不觉得羞耻，不在家里哭泣的，太少了。

帮你读

　　这篇文章，通过描写"齐人"乞讨祭坟剩下的残渣剩饭而不以为耻，竟然在妻妾面前夸耀的故事，讥讽了为追求富贵、显达而不择手段的可耻行为。

文章采用讲故事的方式,阐明了孟子的思想观点。

在描写人物上,作者文字精练,生动形象,活灵活现地刻画出"齐人"卑鄙可耻的行为和肮脏的内心世界。一开始,他自称"与饮食者,则尽富贵",表现出他追求富贵、追求名利的思想。然后,通过对他妻子亲眼所见的描写,暴露出他的本来面目。当他的妻子尾随观察他的行踪时,发现他说的竟是假话,他之所以"酒足饭饱",是他向祭坟的人乞讨的结果,从而彻底地揭露了他为达到"富贵利达"的可耻行径。

文章按着故事情节的自然发展,通过人物行动,一步步写出"齐人"的丑恶灵魂,自然流畅,故事性强,从而把一个无耻小人的形象,生动地摆在读者面前。

最后一段议论,画龙点睛,揭示了主题,表明了作者的态度。

这篇文章的特点是:文字简练,结构严谨,语言生动形象,故事完整、幽默。对人物的刻画栩(xǔ)栩如生,具有较强的讽刺性。

鱼我所欲也①

孟子曰："鱼，我所欲也，熊掌，亦我所欲也；二者不可得兼②，舍鱼而取熊掌者也③。生④，亦我所欲也，义⑤，亦我所欲也；二者不可得兼，舍生而取义者也。生亦我所欲，所欲有甚于生者⑥，故不为苟得⑦也；死亦我所恶⑧，所恶有甚于死者，故患有所不避⑨也。如使人之所欲莫甚于生⑩，则凡可以得生者，何不用也？使人之所恶莫甚于死者，则凡可以避患者，何不为也⑪？由是则生而有不用⑫也，由是则可以避患而有不为也。是故所欲有甚于生者，所恶有甚于死者。非独贤者有是心⑬也，人皆有之，贤者能勿丧耳⑭。

一箪食⑮，一豆羹⑯，得之则生，弗得则死，呼尔而与之⑰，行道之人弗受⑱；蹴尔⑲而与之，乞人不屑⑳也。

万钟则不辨礼义而受之㉑，万钟于我何加焉㉒？为宫室之美、妻妾之奉、所识穷乏者得我与㉓？向㉔为身死而不受，今为宫室之美为之㉕；向为身死而不受，今为妻妾之奉为之；向为身死而不受，今为所识穷乏者得我而为之，是亦不可以已乎㉖？此之谓失其本心㉗。"

① 题目是编者所加。选自《孟子·告子上》第十节。欲：喜欢。所欲：所喜欢的。

② 兼：同时并用。

③ 舍：放弃。取：获取。者也：表示陈述语气。

④ 生：生命。

⑤ 义：指行为合乎道德。

⑥ 甚于：超过。所欲有甚于生者：所喜欢的事物有超过对生命的热爱的。

⑦ 不为：不做。苟得：不合理的获取。

⑧ 恶（wù）：厌恶。所恶：所厌恶的。

⑨ 患：灾难。避：躲避。故患有所不避：所以，有些灾难不应该躲避。

⑩ 如使：假如，假使。

⑪ 何不为也：为什么不做呢？

⑫ 由是：可当"由此可见"讲。这句话的意思是：由此可见，有些可以保全生命的做法可以不用。

⑬ 独：唯独，只有。贤者：圣贤的人。是心：这种思想。

⑭ 勿丧：不抛弃自己的主张。耳：语气助词，当"罢了"讲。

⑮ 箪（dān）：盛食物用的竹器。食：食物。

⑯ 豆：盛汤用的餐具。羹（gēng）：带汁的食物。

⑰ 呼尔：形容用轻蔑的态度叫唤。与之：给他。

⑱ 行道之人：走路的人。弗（fú）受：不接受。

⑲ 蹴（cù）尔：用脚踢。

⑳ 不屑：不屑于接受。

㉑ 钟：古代的一种量器。一钟为六石四斗。万钟：表示非常丰厚的俸禄。辨：区别，分辨。受之：接受这些俸禄。

㉒ 于我：对我来说。加：增加，在这里当"好处"、"益处"讲。

何加：有什么好处。

㉓ 宫室：住宅。奉：侍奉。穷乏者：贫困的人。得我：感激我。与：疑问词。

㉔ 向：过去，往日。

㉕ 为之：这样做。

㉖ 已：停止。

㉗ 失其本心：丧失了本性。

译过来

　　孟子说："鱼是我所喜欢的，熊掌也是我所喜欢的，这两样东西不能同时得到，只好放弃鱼而只要熊掌。生命是我所喜欢的，义也是我所喜欢的，这两样东西不能同时得到，只好牺牲生命而选择义。生命虽然是我所喜欢的，但是，我所喜欢的有超过生命的，那么，就不要去做苟且偷生的事。死是我所厌恶的，但是，我所厌恶的有超过死的，那么，面对灾难就不要去躲避。假如人们所希望的没有比生命更重要的，那么，凡是可以得到生存的方法，哪一样不可以使用呢？假如人们所厌恶的没有比死更严重的，那么，凡是可以躲避灾难的手段，哪一样不可以使用呢？由此可见，有些可以保全性命的方法人们可以不用；有些可以避免灾难的手段人们也可以不用，因此可以知道，人们所喜欢的有超过生命的，所厌恶的有超过死亡的。并不是只有圣贤的人才有这种思想，人人都有这种思想，只是圣贤的人能够随便抛弃自己的主张罢了。

　　一篮饭，一碗汤，得到了就可以活下去，得不到就会饿死，吆

喝着给他，就是路上那挨饿人，也不会要；用脚踩过给他，就是讨饭的人，也不屑于接受。

万钟这样丰厚的俸禄，如果不分析是否合乎礼义而接受，万钟的俸禄对我有什么好处呢？为了住宅的华丽、妻妾的侍奉和让那些我所认识的贫困的人感激我吗？过去宁肯死也不接受，现在为了住宅的华丽而接受；过去宁肯死也不接受，现在为了妻妾的侍奉而接受；过去宁肯死也不接受，现在为了让那些我所认识的贫困的人感激我而接受。这样的做法不也是应该制止的吗？这就是所谓的丧失了本性。

这篇文章，通过论述如何对待"所欲"、"所恶"的问题，阐明了孟子在对待生与义、荣与辱等问题上的态度。

孟子认为，人的"所欲"和"所恶"都是多方面的，多层次的，有重要与不重要之分。在一定条件下，有可能发生冲突。当"生命"与"义"冲突时，他认为应该放弃"生"而选择"义"。所厌恶的超过了死，应该以死来免受耻辱。因此，他得出了一个结论：在人的"所欲"和"所恶"中，"义"和"不义"超过了"生"和"死"，因此，孟子宁死也不肯接受不合礼义的万钟的厚禄。

在艺术上，文章运用精当的比喻和对比，把道理讲得十分清楚；语言上大量使用排比、对仗，使文章铿锵（kēng qiāng）有力，富有节奏感，表现出孟子散文的风格特色。

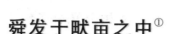

舜发于畎亩之中①

　　孟子曰："舜发于畎亩之中,傅说举于版筑之间②,胶鬲举于鱼盐之中③,管夷吾举于士④,孙叔敖举于海⑤,百里奚举于市⑥。故天将降大任于是人⑦也,必先苦其心志⑧,劳其筋骨⑨,饿其体肤,空乏其身⑩,行拂乱其所为⑪,所以动心忍性⑫,曾益其所不能⑬。人恒过⑭,然后能改;困于心⑮,衡于虑⑯,而后作⑰;征于色⑱,发于声,而后喻⑲。入则无法家拂士⑳,出则无敌国外患㉑者,国恒亡。然后知生于忧患而死于安乐也㉒。"

讲一讲

　　① 题目是编者所加。选自《孟子·告子下》第十五节。舜(shùn):远古帝王名。发:开始发达。畎(quǎn):田间的水沟。畎亩:指农田。相传舜原来在历山种田,三十岁时,被尧选用。尧死后舜为帝。

　　② 傅说(yuè):人名,商朝武丁时代的宰相。举:提举,推举。版筑:筑墙的时候,往两块夹板中倒土,然后再杵(chǔ)捣使土变得坚固,这种工作叫"版筑",在这里指筑墙。傅说原是傅险这个地方的一个泥水匠,被雇来筑墙,后来武丁发现了他,提举他做了宰相。

　　③ 胶(jiāo)鬲(gé):人名,商朝纣(zhòu)王时代的贤臣。胶

鬲原来是个贩卖鱼盐的人,后来被推荐给纣王当了大臣。

④ 管夷吾:人名,就是管仲。士:古代管理狱囚的官。管仲原是齐国公子纠的臣僚。齐桓公和公子纠为争夺王位发生了冲突,公子纠失败,管仲和他一起逃到了鲁国。齐桓公知道管仲很有才干,就让鲁国把管仲当做"罪人"送回齐国。后来狱官把他释放,齐桓公让他当了宰相。

⑤ 孙叔敖:人名,春秋时鲁国人。早先他隐居在海边,后来,楚庄王听说他很有才能,让他当了宰相。

⑥ 百里奚:人名,春秋时期虞(yú)国人。他见虞王没有什么作为,就逃到了楚国,被人捉住,让他放牛,秦穆公听说他有才干,就把他赎买到秦国,让他当了宰相。市:市场。

⑦ 大任:重大的使命。是:这。

⑧ 苦:磨炼。心志:精神,意志。

⑨ 劳:劳累。

⑩ 空(kōng)乏:在这里指"贫穷"。

⑪ 行:行为。拂:反逆。乱:扰乱。所为:所想做的事。这句的意思是:所想做的事,总是违反自己的意愿,不能成功。

⑫ 所以:可以当"借此"讲。动心:使心惊动,震动心意。忍性:使意志变得坚韧。

⑬ 曾:同"增",增加。曾益:在这里当"帮助"讲。其所不能:他所不会做的事情。这句的意思是:帮助他去做他不会做的事,增长他的能力。

⑭ 恒:常常。过:过错。

⑮ 困:艰苦。

⑯ 衡:同"横",阻塞(sè),不顺,即错综复杂的意思。

⑰ 作：创造。

⑱ 色：外表。

⑲ 喻：得到了解。

⑳ 入：指国内。法家：懂得法度的大臣。拂（bì）：同"弼"，辅佐，纠正。拂士：辅佐国王的贤士。

㉑ 出：指国外。敌国：敌对的国家。患：忧患。

㉒ 生于忧患：忧患使人生存。死于安乐：安乐使人死亡。

孟子说："舜是在田间开始发达起来的，傅说是在筑墙的工作中被提拔起来的，胶鬲是在卖鱼盐的人中被提拔上来的，管仲是作为被狱官释放的人而被提拔的，孙叔敖是在海边被提拔的，百里奚是在买卖市场上被提拔的。所以，上天把重大的使命赋予一个人的时候，一定先要磨炼他的意志，使其筋骨疲劳，肠胃受饿，自身贫穷，想做的事总是不能成功，用这些来使他的心境受到震动，意志得到磨炼而变得坚强，能力得到增强。人常常犯错误，然后才能改正；精神上受到困苦，思想受到阻塞，然后才能够奋发有为；外表能够有所表现，言语能够吐露出来，然后才能被人了解。国内没有懂得法度的大臣和辅佐国君的贤士，国外没有敌对的国家和危险，这样的国家常常容易灭亡。知道了这些后，就可以懂得忧患使人生存，安乐使人死亡的道理了。

这是一篇论说文。文章着重论述的是：任何有作为的人，他

的成就都是在艰苦奋斗的过程中取得的,在现实生活中,没有安逸(yì)平坦的道路可走。

孟子列举了古代六位有成就的人物加以说明。他指出:人要能够正确地认识自己所处的环境,要正视遇到的困难、矛盾,只有经受住艰苦的磨炼而奋斗不息的人,才能"百炼成钢",才能担当得起"大任",也就是我们常说的"逆境成才"的道理。

另外,孟子还提出"人恒过,然后能改"的论点。他认为,只有经历错误的磨炼,才有不断地改正自己错误的行为。接着,孟子又把这一观点发展到治理国家上,他指出,一个国家,如果国内没有懂得法度的大臣经常提醒、纠正,国外没有敌国的侵略危险,这个国家就容易灭亡。

最后,文章得出了"生于忧患,死于安乐"的结论,点出了中心论点,使文章浑然一体,逻辑严密,雄辩有力。

本文还有一个突出的特点,就是列举了众多的历史人物来说明自己的观点,这在古文中是不多见的。在这里,孟子运用众多的人物事例,在于加强文章的可信性和说服力。

《老 子》

以道佐人主者①

以道佐人主者，不以兵强②天下，其事好还③。师之所处④，荆棘生焉。大军⑤之后，必有凶年⑥。善者果而已⑦，不敢以取强⑧。果而勿矜⑨，果而勿伐⑩，果而勿骄⑪，果而不得已⑫，果而勿强⑬。物壮则老⑭，是谓不道，不道早亡⑮。

① 题目是编者所加。选自《老子》第三十章。老子：姓李，名耳，字聃（dān），春秋时期楚国人。他的生卒年月各书都没有确切的记载，相传孔子曾向他问过礼，所以，一般认为他与孔子是同时代的人。他著有《老子》一书，也称《道德经》，共八十一篇。老子是道家的创始人，主张"无为而治"，也就是治理国家不能靠强力，而要顺应自然的变迁。他还提出"小国寡民"的治国政策，"小国寡民"是道家向往的一种原始的、孤立的理想社会。在这种社会里人民不去接触外界，也不受外界的影响。老子不主张治理国家时使用法治，不喜欢贤能和强力，他认为最好是像水那样谦虚和柔弱。在他的思想中消极悲观意识是十分明显的。道：老子思想体系中最高的理想。佐：辅佐。人主：指统治者。

② 以：用。兵：原来的意思是指兵器，在这里指的是军队和战争。强：在这里指称霸。

③ 其事：指战争。好（hào）：喜欢，喜爱。还（xuán）：循环。

④ 师：军队。所处：所到的地方。

⑤ 大军：大的战争。

⑥ 凶年：灾荒的年景。

⑦ 善：好，好的。果：结果，指达到目的。

⑧ 不敢以取强：不敢用兵来逞强。

⑨ 矜（jīn）：自高自大。

⑩ 伐：自我夸耀。

⑪ 骄：骄傲、放纵。

先秦诸子散文

⑫ 不得已:不得不这么做。

⑬ 果而勿强:达到目的但并不称霸。

⑭ 物:万物。壮:强壮。老:老化,衰老。

⑮ 不道早亡:不合乎"道"的,就会很快死亡。

用道来帮助统治者治理国家的人,不用军队和战争来称霸天下,一旦用兵,很快就会得到回报。军队所到的地方,田地会荒废,杂草荆棘(jīng jí)就会生长起来。大战过去以后,一定会出现灾荒。好的做法是达到目的就停止,并不因此而逞强。达到目的而不自高自大,不自我夸耀,不骄傲,目的达到是出于不得已,成功了也不称霸。世间万物强壮了就要走向衰老,这就是不合乎"道",不合乎"道"就会很快灭亡。

这篇文章虽然不长,但思想观点很明确。

老子认为,治理一个国家,不应该过多地使用武力来进行攻伐,动用武力,很容易产生循环报复的后果,给人民造成灾难,这是不符合"道"的。

另外,老子认为,武力是在迫不得已的情况下才使用的,一旦达到了目的,就应该立刻停止,不要以此自高自大,横行天下。

他指出,事物的发展是有一定规律的,一旦壮大,就会趋于衰老,接近死亡。治理国家也是如此,不要用武力来强行天下,才能合乎"道"。

　　这篇短文，文字简练，条理清楚，有一定的说服力，体现出道家反对用武力治国的思想观点。

民 之 饥①

　　民之饥,以其上食税之多②,是以饥。民之难治③,以其上之有为④,是以难治。人之轻死⑤,以其生生之厚⑥,是以轻死。夫唯无以生为者⑦,是贤于贵生⑧。

　　① 题目是编者所加。选自《老子》第七十五章。民:人民。饥:饥饿。

　　② 以:因为。其上:指统治者。食:吃。在这里可当"吞食"讲。税:赋税。

　　③ 难治:难以统治。

　　④ 有为:有所作为。这里老子是讽刺的说法,指统治者"多事扰民"。

　　⑤ 轻死:轻视生死。

　　⑥ 生生:指统治者对生命的保养。厚:在这里当"重视"讲。

　　⑦ 唯:唯独,只有。无以生为者:不看重生命的人。

　　⑧ 贤:贤明。贵生:看重生命的人。

　　人民之所以受饥饿,是因为统治者吞食的赋税太多,所以人民才受饥饿。人民之所以难以统治,是因为统治者多事扰民。

人民之所以轻视生死，是因为统治者太重视对自己生命的保养。不过分看重生命的人，比把生命看得过重的人贤明。

帮你读

　　这篇文章，主要批评了统治阶级在对待人民和治理国家的问题上过于残酷，多事扰民，使百姓民不聊生的做法。

　　文章用尖锐的语言，揭露了统治者的暴行：使人民饥饿、轻死、难治的根源，不在于人民，而主要在于统治者为了享乐，过分地搜刮民财；在治理国家上浅见短识，无事生非，造成了国贫民饥难以治理的状态。从而批评统治者不该过分看重和保养自己的生命，而不顾百姓的死活。

　　文章文辞简练，含意深刻，一针见血，毫不留情。

《庄 子》

逍 遥 游①

北冥②有鱼,其名为鲲③。鲲之大,不知其几千里也。化而为鸟④,其名为鹏⑤。鹏之背不知其几千里也;怒⑥而飞,其翼⑦若垂天之云。是鸟也,海运则将徙于南冥⑧。南冥者,天池也⑨。

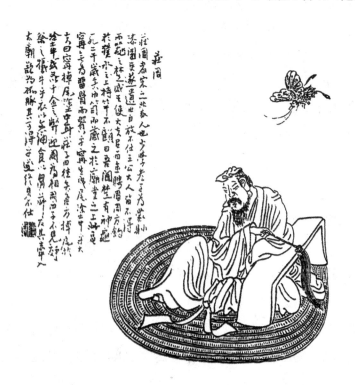

《齐谐》⑩者，志怪⑪者也。《谐》之言曰："鹏之徙于南冥也，水击⑫三千里，抟扶摇而上⑬者九万里，去以六月息⑭者也。"野马也⑮，尘埃也，生物之以息相吹也⑯。天之苍苍⑰，其正色邪⑱？其远而无所至极⑲邪？其视下也亦若是，则已矣。

且夫水之积也不厚⑳，由其负大舟也无力㉑。覆杯水于坳堂之上㉒，则芥为之舟㉓，置杯焉则胶㉔，水浅而舟大也。风之积也不厚，则其负大翼也无力。故九万里则风斯在下矣㉕，而后乃今培风㉖；背负青天而莫之夭阏㉗者，而后乃今将图南㉘。

蜩与学鸠㉙笑之曰："我决起㉚而飞，抢榆枋㉛，时则不至㉜而控㉝于地而已矣，奚以之九万里而南为㉞？"

适莽苍者㉟三餐而反㊱，腹犹果然㊲；适百里者宿舂粮㊳；适千里者三月聚粮㊴。之二虫又何知。

小知不及大知㊵，小年㊶不及大年。奚以知其然㊷也？朝菌不知晦朔㊸，蟪蛄不知春秋㊹，此小年也。楚之南有冥灵者㊺，以五百岁为春㊻，五百岁为秋；上古有大椿者㊼，以八千岁为春，八千岁为秋。而彭祖乃今以久特闻㊽，众人匹㊾之，不亦悲㊿乎！

汤之问棘也是已(51)：

"穷发之北(52)，有冥海者，天池也。有鱼焉，其广数千里，未有知其修(53)者，其名为鲲。有鸟焉，其名为鹏，背若泰山，翼若垂天之云，抟扶摇羊角(54)而上者九万里；绝云气(55)，负青天，然后图南，且适南冥也。斥鴳(56)笑之曰：'彼且奚适也？我腾跃而上，不过数仞而下，翱翔蓬蒿(57)之间，此亦飞之至也！而

彼且奚适也?'"

此大小之辨(58)也。

故夫知效一官(59),行比一乡(60),德合一君(61)而征一国者(62),其自视(63)也亦若此矣。而宋荣子犹然笑之(64)。且举世誉之而不加劝(65),举世非之而不加沮(66);定乎内外之分(67),辨乎荣辱之境(68),斯已矣(69)。彼其于世,未数数然(70)也。虽然,犹有未树(71)也。

夫列子御风而行(72),泠然善也(73),旬有五日而后反(74)。彼于致福者(75),未数数然也。此虽免乎行,犹有所待者也(76)。

若夫乘天地之正(77),而御六气之辨(78),以游无穷者,彼且恶乎待哉(79)! 故曰:至人无己(80),神人无功(81),圣人无名(82)。

讲一讲

① 逍遥游:选自《庄子·内篇·逍遥游》。本文只选了原文的前半部分。庄子,姓庄,名周,战国时期宋国人。约生于公元前 369 年,死于公元前 286 年,他是我国著名的哲学家、文学家,是继老子之后的道家主要代表人物。曾当过漆园吏(一种小官)。他继承并发展了老子的思想观点。老子主张无为而治;庄子则主张无所作为,他对当时的现实也有比较深刻的揭露,他曾指出"窃钩者诛,窃国者为诸侯,诸侯之门,而仁义焉存"等等,都是对剥削阶级争权夺利的生动概括。他提倡自由自在的生活方式,反对为官、成名。庄子的散文,最突出的特点就是善于使用形象说理,通过生动的寓言故事表达自己的思想。《庄子》一书,现存三十三篇,分内篇、外篇和杂篇三部分。大多数研究者认

为,内篇是庄子自己写的。

② 北冥(míng):北海。

③ 鲲(kūn):大鱼名。

④ 化:变化。为:成为。

⑤ 鹏(péng):大鸟名。

⑥ 怒:振翅奋起。

⑦ 翼:翅膀。

⑧ 海运:就是"运于海",指在海上飞行。徙(xǐ):迁移。南冥:南海。

⑨ 天:天然,自然形成。天池:自然形成的大池。

⑩《齐谐》:书名,出于齐国。

⑪ 志怪:记载怪异事情的书。

⑫ 击:拍击。水击:指大鹏起飞时,两个翅膀拍击水面而行。

⑬ 抟(tuán):环绕,盘旋。扶摇:回旋直上的大风。

⑭ 去:离开。息:止,停住。

⑮ 野马:春天的雾气,春天阳气发动,远望就像野马奔驰一样,所以叫"野马"。

⑯ 息:气息。吹:吹动。这句是说:(野马一样的雾气和尘埃)是被生物的气息吹动的。

⑰ 苍苍:深蓝的颜色。天之苍苍:深蓝色的天空。

⑱ 正:本来,真正。邪:疑问语气词,"吗"、"呢"的意思。

⑲ 无所至极:无限高远,没有尽头。

⑳ 积:积累。厚:多,深的意思。

㉑ 负:载,托起。

㉒ 覆:倒。坳(ào)堂:指小坑,低凹的地方。

㉓ 芥：小草杆。舟：船。

㉔ 胶：粘住。

㉕ 斯：就。

㉖ 培：通"凭"，凭借，借助。这句是说：然后才凭借着风。

㉗ 夭：折。阏（è）：当"停止"讲。夭阏：阻挡。

㉘ 图：谋，想要。南：南方，指南海。

㉙ 蜩（tiáo）：一种小蝉。学鸠：一种小斑鸠。

㉚ 决起：奋起。

㉛ 抢：当"冲向"讲。榆枋：榆树和檀木。

㉜ 时：有的时候。则：或者。

㉝ 控：投，在这里当"落"讲。

㉞ 奚以：哪用。之：动词，到。这句话是说：哪用得着飞到九万里的高空再向南飞呢。

㉟ 适：往，到。莽（mǎng）苍：这里指郊野。

㊱ 餐：吃饭。三餐：一天三顿饭，"三餐"指一天的时间。

㊲ 犹：好像。果：实，充足。果然：饱足的样子。

㊳ 宿：前一天的晚上。舂（chōng）粮：捣米。宿舂粮：指在前一天的晚上就捣米准备粮食。

㊴ 聚：聚积。

㊵ 知：同"智"，聪明才智。不及：不如。

㊶ 年：寿命。

㊷ 然：这样。奚以知其然：怎么知道是这样呢？

㊸ 朝菌：朝生暮死的菌类。晦：夏历每月最后一天。朔：夏历每月第一天。

㊹ 蟪（huì）蛄：一种小蝉名，这种蝉春天生夏天死，夏天生秋

夭死。春秋:这里指一年的时间。

㊺ 冥灵:树名。

㊻ 以五百岁为春:以五百年为一个春天。

㊼ 椿:椿树。

㊽ 彭祖:传说中的人物,据说他活了八百岁,是长寿者。以:因为。久:长寿。特:独。闻:闻名,著称。

㊾ 匹:比。

㊿ 悲:惭愧。

(51) 汤:商汤,商朝的第一个君王。棘(jí):人名,商汤时的大夫。是:这件事。

(52) 穷发:连草也不长的地方,不毛之地。

(53) 修:长。

(54) 羊角:旋风,这种风盘旋着像羊角一样向上刮。

(55) 绝:超越,超过。云气:云彩。

(56) 斥鴳(yàn):小鸟。

(57) 翱(áo)翔:展开翅膀回旋着飞。蓬蒿(hāo):指杂草。

(58) 辨:区别。

(59) 知:同"智"。效:胜任。一官:一官之职。

(60) 行:行为。比:投合。

(61) 德:道德。合:合乎,适应。君:君王。

(62) 而:在这里同"能",才能。征:信,取信。

(63) 其自视:他对自己的看法。

(64) 宋荣子:人名,宋国人,也叫宋钘(xíng),又叫宋轻(kēng),是战国时期的思想家。犹然:笑的样子。之:指上述的人。

(65) 举:全。誉:赞扬。劝:勉励,这里指努力。

⑥ 沮：沮丧。

⑥ 定：确定。内：指我。外：指身外的事物。

⑥ 荣辱：光荣与耻辱。境：境界。

⑥ 斯：这样。已：停止。斯已矣：如此而已。

⑦ 未：没有。数（shuò）数：常常的意思。然：这样。未数数然：不常有。

⑦ 树：立。

⑦ 列子：人名，名叫御冠，战国时期郑国人，是个哲学家，传说他有"风仙之道"，能够乘风行走。御：乘。

⑦ 泠（líng）然：轻妙的样子。泠然善也：轻巧极了。

⑦ 旬：十天为一旬。反：同"返"，回来。

⑦ 致：得到。福：顺应自然的意思。

⑦ 待：依待。

⑦ 若夫：至于。乘：驾驭，这里当"顺应"讲。正：正气，指自然本性。

⑦ 六气：指的是"阴、阳、晦、明、风、雨"。辨：同"变"，变化。

⑦ 恶乎待哉：有什么依待的呢？

⑧ 至人：这是庄子理想中修养最高的人。无己：顺应了自然，忘掉了自我。

⑧ 神人：次于"至人"的人。无功：不求有功。

⑧ 圣人：次于"神人"的人。无名：不求有名。

 译过来

北海有一种鱼，名字叫鲲，鲲的巨大，不知道有几千里，化而

为鸟，名字叫鹏。鹏的背部，不知道有几千里。它奋起而飞，翅膀大得就像垂挂在天边的云彩。这只大鸟，在海上飞行，准备到南海去，南海是一个天然形成的大池子。

《齐谐》这本书，是一本记载奇怪事情的书，其中有这样的话，说："鹏迁移到南海去时，两个翅膀拍击水面而行有三千里远，盘旋着向上飞了九万里，飞行六个月才停下来。"那些野马一样的雾气和尘埃，都是这只大生物的气息吹起来的。天上那深蓝的颜色，究竟是天空真正的本色呢，还是由于天空的无限高远所造成的呢？大鹏从天上往下看，也是这样的。

水如果积得不深，那么就没有力量载起大船。在低凹的地方倒一杯水，那么就只能用小草杆做船，如果把杯子放上去，就会被泥水粘住，这是因为水浅而船大的缘故。如果风力不大，那么它托起大的翅膀也没有力量。所以，要想飞九万里那么高，那么风就必须托在翅膀的下面，然后才能够借助风的力量飞上去，背负青天而不受阻挡，然后向南飞去。

蝉和小斑鸠嘲笑鹏说："我们奋起而飞，冲到榆树或檀木上为止，或者有时候还飞不到，就落在地上，哪里还用飞上九万里高再向南飞呢？"

如果要到郊外去，一天的时间就回来了，肚子好像还是饱饱的；要到百里以外，在出发的前一天晚上就得捣米备粮；如果要到千里以外，那么就要提前三个月准备粮食了。这些，蝉和小斑鸠这两种小虫，又怎么会知道呢！

小聪明比不上大聪明，短命的比不上长寿的，这是什么道理呢？早晨生长在潮湿地方的菌类，活不了一天就死了，不知道月初和月终；春生夏死，夏生秋死的小蝉，不知道什么是一年。这些都是短命的。楚国南面有一种树，叫冥灵，它把五百年当做一个春天，五百年当做一个秋天。古时候，有一种大椿树，把八千年当一个春天，八千年当一个秋天。这就是长寿。而彭祖如今独以长寿闻名于世，人们和他相比，不也是可悲的吗？

商汤问棘，说的就是这件事：

"连草都不长的北方，有一个很深的海，是自然形成的。里面有一条鱼，它有数千里那么大，没有人知道它到底有多长，这条大鱼名叫鲲。有一只鸟，它的名字叫鹏，它的背就像泰山那么大，它的翅膀就像是垂挂在天边的云，盘旋着像旋风一样向上飞了九万里高，超过了云彩，背负着青天，然后向南飞，准备去南海。小鸟嘲笑它说：'它要到哪儿去呢？我腾跃着飞起来，飞不过几仞（rèn）就落下来，在蓬蒿中回旋着飞，这也是做到了飞的能事了，然而，它却要飞到哪儿去呢？'"

这就是大和小的区别呀。

所以，才智只能胜任一官之职，行为只能投合一乡人的心意，道德只能适应一个国君的要求，能力只能取信一国的百姓，这样的人对自己的看法，也只能像那只小鸟一样。所以，宋荣子嘲笑这样的人。宋荣子不因整个社会的赞扬而更加努力，不因整个社会的诽谤（fěi bàng）而更沮丧；他认定了我与外物的分际，辨明了荣誉与耻辱的境界，如此而已。在社会上总是很少有的。虽然如此，他仍然还有不足的地方。

列子乘风行走，轻巧极了，十五天以后才回来，在得到顺应自然的人中，这是很少有的。虽然能够免于步行，但是，仍然有所依待。

至于能顺立自然的规律，把握六气的变化，遨（áo）游整个宇宙的人，他还有什么依靠的呢？所以说，至人忘掉了自我，神人求有功,圣人不求有名。

这篇文章,是《庄子》的第一篇。无论是思想观点还是写作艺术,都突出地表现出《庄子》的风格,是庄子散文的代表作。

这篇文章主要论述了庄子所追求的绝对自由的人生观。

庄子认为,只有不借助任何外界的力量自由自在的遨游,才能达到最高的境界,才是真正的"逍遥"。他指出:冲天而起的大鹏,虽然比蜩鸠之类更为超脱,但它之所以高飞九万里,也是凭借了巨大的风力;宋荣子、列子之类的人,虽然比"知效一官"之人更为超脱,但他们也是有所不足,有所依待的,这些都没有达到绝对的自由。

他认为,只有那些看破自我,看破功名利禄,顺应自然以驾驭(yù)六气变化的人,才能达到"至人"、"神人"、"圣人"的境界,才是真正的"逍遥"。

在写作艺术上,这篇文章是很有特色的。他通过对大鹏和蜩鸠的论述,说明自己的观点,表达自己的思想,使文章生动、形象,具有很强的说服力。文章构思宏伟,想像奇特,逻辑性强,充分体现了庄子散文的独特风格。

庖丁解牛①

庖丁为文惠君解牛②，手之所触③，肩之所倚④，足之所履⑤，膝之所踦⑥，砉然响然⑦，奏刀騞然⑧，莫不中音⑨。合于"桑林"之舞⑩，乃中"经首"之会⑪。

文惠君曰："嘻⑫！善哉！技盖至此乎⑬？"

庖丁释刀⑭对曰："臣之所好者道也⑮，进乎技矣⑯。始臣之解牛之时，所见无非牛者。三年之后，未尝见全牛⑰也。方今之时，臣以神遇，而不以目视⑱，官知止而神欲行⑲。依乎天理⑳，批大郤，导大窾㉒，因其固然㉓。技经肯綮之未尝㉔，而况大軱乎㉕？良庖岁更刀㉖，割也；族庖月㉗更刀，折㉘也。今臣之刀十九年矣，所解数千牛矣，而刀刃若新发于硎㉙。彼节者有间㉚，而刀刃者无厚㉛，以无厚入有间，恢恢乎其于游刃必有余地矣㉜，是以十九年而刀刃若新发于硎。虽然，每至于族㉝，吾见其难为，怵然为戒㉞，视为止㉟，行为迟㊱。动刀甚微，謋然㊲已解，如土委㊳地。提刀而立，为之四顾，为之踌躇满志㊴，善刀而藏之㊵。"

文惠君曰："善哉！吾闻庖丁之言，得养生㊶焉！"

① 题目是编者所加。选自《庄子·内篇·养生主》。庖丁：厨师。解牛：宰牛。

② 文惠君：又称梁惠王。详见本书《寡人之于国也》注释②。

③ 触：接触。

④ 倚（yǐ）：靠。

⑤ 履（lǚ）：踩。

⑥ 踦（yǐ）：用一只脚的膝盖顶着。

⑦ 砉（huā）：象声词。砉然响然：意思是宰牛时发出的"哗啦哗啦"的响声。

⑧ 奏：进。騞（huō）：象声词。奏刀騞然：是指进刀时发出的响声。

⑨ 中（zhòng）音：符合音乐的韵律。

⑩ 桑林：商汤时期乐曲名。"桑林"之舞：指用"桑林"配曲的舞蹈。

⑪ 经首：尧时乐曲《咸池》中一个乐章名。会：节奏，音节。

⑫ 嘻（xī）：赞叹声。

⑬ 技：技术，技艺。盖（hé）：即"盍"，也作"何"解释，为什么。这句的意思是：你的技艺为什么能达到这种境界呢？

⑭ 释刀：放下刀。

⑮ 道：指事物中本有的道理。

⑯ 进：超过。技：这里指一般的技艺。进乎技矣：超过了一般的技术。

⑰ 全：完整。未尝见全牛：指的是经常宰牛，对牛体的结构已经非常熟悉，所以，看到的全是牛体中的空隙，筋骨。

⑱ 神：精神。遇：对待。目：眼睛。

⑲ 官知：器官的知觉。行：活动。

⑳ 天理：指牛的自然生理结构。

㉑ 批：同"劈"，砍。郤（xì）：同"隙"，缝隙。

㉒ 道：同"导"，顺着。窾（kuǎn）：空穴，指牛骨之间的空穴。

㉓ 因：按照。固然：本来的结构。

㉔ 技：应写作"枝"字，指支脉。经：指经脉。肯：指附在骨头上的肉。綮（qìng）：筋骨相连的地方。未尝：没有试过。

㉕ 軱（gū）：大骨。

㉖ 良庖：好的厨师。更：换。

㉗ 族庖：一般的厨师。月：一个月。

㉘ 折：在这里指"砍"。

㉙ 硎（xíng）：磨刀石。

㉚ 彼节者有间：那些骨节是有空隙的。

㉛ 厚：厚度。无厚：指刀刃极薄。

㉜ 恢恢：宽阔的样子。游刃：转动刀刃。

㉝ 族：指筋骨聚集、盘结的地方。

㉞ 怵（chù）然：警惕的样子。戒：戒备。

㉟ 止：停止。视为止：视力集中在一点上。

㊱ 迟：慢。行为迟：行动很缓慢。

㊲ 謋（huò）：同"磔（zhé）"。謋然：指牛体被割开的样子。

㊳ 委：堆积。

㊴ 踌躇（chóu chú）满志：从容自得、心满意足的样子。

㊵ 善：擦拭。藏：收藏，保存。

㊶ 养生：指养生之道。

译过来

　　厨师给文惠君宰牛，他手所接触的，肩膀所倚靠的，脚所踩的，膝盖所顶着的地方，都发出"哗啦哗啦"的响声，进刀的声音没有不符合音乐节奏的，合得上用"桑林"配乐的舞步、"经首"乐章的节拍。

　　文惠君说："啊，好极啦！你的技术为什么能达到这种境界呢？"

　　厨师放下刀回答说："我喜欢钻研事物本来的道理，超过钻研一般的技术。起初，我宰牛的时候，看见的无非就是牛，三年以后，看到的再不是完整的牛了。现在，我宰牛用心祝神而不用眼睛对着牛，感官停止活动，仅靠心神自然运作。按照牛的天然结构，劈开大的缝隙，分开牛骨中的空穴，按着它本来固有的情形用刀。那些筋骨交错聚集的地方，没有用刀去试过，何况那些大骨头呢？好的厨师，一年换一次刀，他用的方法是割；一般的厨师，一个月换一次刀，他用的方法是砍。现在，我的刀已经用了十九年了，宰了几千头牛，然而刀刃就像刚刚磨过一样。骨节中间是有缝隙的，而刀刃却非常薄；用很薄的刀刃在宽阔的骨节缝隙中转动，一定会有很大的余地，因此，我的刀用了十九年，刀刃还像刚磨过一样。虽然如此，每次遇到筋骨聚集的地方，我看到不容易下刀，就非常警惕地戒备着，眼睛盯在一点上，动作很缓慢，虽然刀动得很轻，牛体却能马上散开，就像土堆在地上一样。然后，我提着宰牛刀站起来，四周看看，这才心满意足，从容自得地把刀擦拭干净，仔细收藏起来。"

　　文惠君说："好呀！我听了厨师的话，得到了养生之道呀。"

这篇文章，通过"庖丁解牛"的故事，论述了庄子的"养生之道"，也就是养生的方法。

庄子认为，养生最好的方法是避开一切矛盾冲突，顺应自然的规律，这样才能求得安乐，求得完美，达到养生的目的。

在这篇文章里，庄子用"庖丁解牛"进行比喻，解释、说明了他的养生之道。庖丁之所以能够如此顺利地解剖牛，而且他的刀用了十九年还跟刚刚磨过一样，就在于他的宰牛技术达到了极高的境界，从而，能够避开一切毁坏刀刃的筋骨，"以无厚入有间"，顺利地把牛解开，而这些最终都是因为他顺应了自然规律，了解牛的自然生理结构的缘故。养生也是如此，只有像庖丁解牛那样对待生活，认真地研究自然的规律，才能保全自己。同时，这也是避免灾难的最高境界。

这篇文章在写作艺术上很有特色，庄子运用生动具体的例子，比喻说明自己的观点。所以，文章的说服力很强。另外，它的语言简练，生动有趣，不落俗套，体现了庄子散文的风格。

先秦诸子散文

马　蹄^①

马，蹄可以践^②霜雪，毛可以御风寒，龁草饮水^③，翘足而陆^④。此马之真性^⑤也。虽有义台、路寝^⑥，无所用也。及至伯乐^⑦，曰："我善治马^⑧。"烧之剔之、刻之雒之^⑨，连之以羁絷^⑩，编之以皁栈^⑪，马之死者十二三矣；饥之渴之、驰之骤之、整之齐之^⑫，前有橛饰之患^⑬，而后有鞭筴之威^⑭，而马之死者已过半矣。陶者^⑮曰："我善治埴^⑯，圆者中规，方者中矩^⑰。"匠人曰："我善治木，曲者中钩^⑱，直者应绳^⑲。"夫埴、木之性，岂欲中规矩钩绳哉？然且世世称之曰："伯乐善治马，而陶、匠善治埴木。"此亦治天下者之过也^⑳。

夫马，陆居则食草饮水，喜则交颈相靡^㉑，怒则分背相踶^㉒。马知已此^㉓矣。夫加之以衡扼^㉔，齐之以月题^㉕，而马知介倪、闉扼、鸷曼、诡御、窃辔^㉖。故马之知而能至盗^㉗者，伯乐之罪也。夫赫胥氏之时^㉘，民居不知所为^㉙，行不知所之^㉚，含哺而熙^㉛，鼓腹^㉜而游。民能以此^㉝矣。及至圣人，屈折礼乐以匡天下之形^㉞，县跂仁义以慰天下之心^㉟，而民乃始踶跂好知^㊱，争归于利，不可止也。此亦圣人之过也。

 讲一讲

① 马蹄：选自《庄子·外篇·马蹄》，本文选了原文的前后两段。

② 践：踩，踏。

③ 龁(hé)：嚼(jiáo)，咬。饮：喝。

④ 翘：举，抬。翘足：抬起脚。陆：同"踛"，跳。

⑤ 直性：本性。

⑥ 义：同"仪"。义台：指举行礼仪的台子。路：正。路寝：正屋，指贵人住的地方。

⑦ 伯乐：人名，姓孙，名阳，字伯乐，他是秦穆公时代的人，相传他善于调教训练马。

⑧ 治：调理、训练。

⑨ 烧：烧灼(zhuó)马毛。剔(tì)：剪剔马毛。刻：削刻马蹄。雒(luò)：同"烙"，指烙火印，作为标记。

⑩ 连：连接，在这里当"拴"讲。羁(jī)：马笼头。馽(zhí)：同"絷"，马绊，马缰。

⑪ 皁(zào)：通"槽"，喂马的工具，即马槽。栈：用木头编成的地板，马待在上面，可以防潮湿，另一种说法，指马棚。

⑫ 整：指训练，使马能迈着整齐的步子行进，也有人认为"整"和后面的"齐"都是对马的装饰。齐：装饰，也有人认为"齐"是使马迈着整齐的步伐的意思。

⑬ 橛(jué)：勒在马口中的横木。饰：用来装饰马笼头的东西。患：灾难。

⑭ 筴(cè)：同"策"，古人赶马的鞭子。威：威胁。

⑮ 陶者：制作陶器的人。

⑯ 埴(zhí)：粘土。

⑰ 矩：曲尺，木匠用来画直角的一种工具。

⑱ 钩：木匠用来画圆的工具。

⑲ 应：适应，符合。

⑳ 过：错误。这句是说：这也是治理天下的人所犯的同类错误呀。

㉑ 靡(mí)：摩擦，蹭(cèng)。

㉒ 踶(dì)：同"踢"。分背相踶：背过身去互相踢。

㉓ 知：同"智"，智能，才智。马知已此：马的智能就到此为止。

㉔ 衡：指车辕前面的横木。枙(guǐ)：即"轭"，叉在马脖子上的曲木。

㉕ 齐：装饰。月题：马头上的装饰物，形状如月。

㉖ 介倪(ní)：即"龃(xiè)齚(duǒ)"，龃：啮咬。齚：车辕与衡相接的部分。阴(yīn)：曲，指马弯着脖子。阴枙：指马弯着脖子，想从轭中逃出。鸷(zhì)：凶猛。曼：同"幔"，车上的帷子。鸷曼：指马抵车帷。诡衔：想要吐出口中的横木。窃辔(pèi)：想要逃脱笼头。

㉗ 能：能够。盗：贼，在这里指像贼一样。

㉘ 赫胥氏：传说中上古时代的帝王。

㉙ 居：安居。

㉚ 之：至，指要去的地方。

㉛ 含哺：嘴里含着食物。熙(xī)：即"嬉"，嬉戏，开玩笑。

㉜ 鼓腹：挺着肚子，指吃饱的样子。

㉝ 能：能够。

㉞ 折：指故意造作。匡：正，指校(jiào)正。形：形象，样子。

㉟ 县(xuán)：即"悬"，踮起来。跂：脚。县跂：指踮起脚来，在这里指标榜。

㊱ 踶（dì）跂：在这里指自矜，自我骄傲。好知：追求智谋。

 **译过来**

马，蹄子可以踏霜踩雪，鬃（zōng）毛可以抵挡风寒，吃草喝水，抬起蹄子跳跃，这是马的本性。虽然有仪台和华丽的屋室，对马却没有什么用处。等到伯乐出现，说："我会调训马。"烧灼马毛，剪剔马毛，削刻马蹄，烙上火印，给马戴上笼头，拴上马缰绳，装上马槽和木踏板，这样一来，有十分之二、三的马死掉了。饿它、渴它，让它奔驰、急跑，训练它迈着整齐的步子行进，给它戴上各种装饰，前面有勒在嘴里的横木和戴在头上的装饰物的祸患，后面有鞭子抽打的威胁，这样一来，已经超过一半的马就死掉了。制作陶器的人说："我会整治粘土，做出来的陶器圆的符合圆规，方的符合曲尺。"木匠说："我会整治木头，弯曲的符合钩，直的符合墨绳。"粘土和木头的本性，怎么能适合规矩钩绳的标准呢？"但是，人们却世世代代赞扬说："伯乐善于调教、训练马，制陶器的人善于整治粘土，木匠善于整治木头。"这也是治理天下的人所犯的同类错误呀。

马，居住在陆地上，吃草喝水，高兴的时候互相摩擦脖子，不高兴的时候，背过身去，互相乱踢，马的智能就至此而已。然而，在它的身上加上衡轭，在头上给它戴上装饰物，而马就知道了啃咬车上的东西，弯起脖子来逃脱车轭，顶撞车帷，想要吐出嘴里的横木，极力逃脱缰绳和笼头。所以说，马的智能能够达到像贼一样的地步，这是伯乐的过错。在赫胥氏统治的时候，人民安然而无所作为，行走时却不知道要去的地方，嘴里饱含着食物相互

先秦诸子散文

嬉（xī）戏，吃得饱饱地到处游荡，百姓的智能只不过如此而已。到了圣人出现，有意造出礼乐来校正天下人的形象，以标榜仁义来安慰天下百姓的心思，从此，百姓就变得势气凌人，追求智谋，争名夺利，从而不能停止，这也是圣人的过错呀。

这篇文章主要论述庄子"无为而治"的思想。他主张治理天下，不必要用仁、义、礼、智等思想去训导百姓，以免违反人的自然本性；也不要去追求文明，而应该返回到人最初的原始状态，这才是最好的治国方略和理想国度。

庄子从论述马的本性开始，用马被调驯之后的结果，比喻对百姓的治理。他认为，马之所以有"死者过半"和"知而能至盗"的情况，是因为人破坏了它的自然生活本性，对它进行训练所造成的。他认为"治人"也和"治马"一样，人的自然本性被破坏了，就会"踶跂好知，争归于利"，这是圣人教化和校正的结果。他赞赏赫胥氏时人民"不知所为"、无忧无虑的状态才是最理想的社会。庄子的这种思想，是消极落后的，不足为取。

这篇文章，在艺术上，运用生动的比喻，表达要说出的思想，是有它独特之处的，体现了庄子散文的特色。

秋 水①

秋水时至②,百川灌河③,泾流④之大,两涘渚崖之间⑤,不辨马牛。于是焉河伯⑥欣然自喜,以天下之美为尽在己⑦。顺流而东行,至于北海,东面而视⑧,不见水端⑨,于是焉河伯始旋其面目⑩,望洋向若⑪而叹,曰:"野语⑫有之曰:'闻道百⑬,以为莫己若⑭'者,我之谓也⑮。且夫我尝闻少仲尼之闻⑯而轻伯夷之义者⑰,始吾弗信,今我睹子之难穷⑱也,吾非至于子之门则殆⑲矣,吾长见笑于大方之家⑳。"

① 秋水:选自《庄子·外篇·秋水》,本文只选了原文的开头一段。秋水:秋汛。

② 时至:按着时令到来。

③ 百:数词,作状语,形容很多。川:指小水流。河:指黄河。百川灌河:很多很多小河流进了黄河。

④ 泾(jìng):径。泾流:指直通无阻的水流。

⑤ 涘(sì):水边。渚(zhǔ):水中的小块陆地。崖:岸。

⑥ 河伯:黄河的河神,姓冯(píng),名夷。

⑦ 美:指美丽壮观的景色。尽:全部。这句的意思是说:以为天下美丽壮观的景色全都在自己这里了。

⑧ 东面:脸向着东方。视:看。

⑨ 水端：水的尽头，边缘。

⑩ 始：开始。旋：扭转，回转。面目：在这里指"观点"、"态度"。

⑪ 望洋：指迷惘（wǎng）地向远处看。若：北海海神的名字。

⑫ 野语：俗话，谚语。

⑬ 闻：听说，在这里当"懂得"讲。道：道理。百：数词，作状语。

⑭ 莫己若：不如自己。

⑮ 我之谓也：说的就是我呀。

⑯ 尝：曾经。闻：听说。少：轻视的意思，指看不起。仲尼之闻：孔子的学问。

⑰ 轻：小看，轻视。伯夷：人名，商朝诸侯孤竹君的大儿子，武王伐纣的时候，他认为臣伐君是不义的，所以他就和弟弟叔齐逃到首阳山，为了表示节义，不吃周朝的粮食而饿死，后代的人们就把伯夷做为节义的典范。

⑱ 睹：看见。难穷：难以穷尽。

⑲ 殆（dài）：危险。

⑳ 长：长期，长久。见笑：被人笑话。大方之家：懂得大道理的人。

译过来

秋汛按着时令到来，很多很多小河的水都流进了黄河。黄河里直流无阻的水非常大，河面非常宽，河的两岸之间，分辨不清马和牛。因此，黄河的河神——河伯沾沾自喜，以为天下美丽壮观的景色全都在自己这里了。他沿着水流向东走,来到了北海,脸向东边朝远处望去,看不到水的尽头,这才改变了他原来的想法。他迷惘地远望着大海,对北海的海神若感叹地说:"俗话说:'道理知道的多一点,就以为谁也不如自己了',说的就是我呀。况且,我曾经听说,有人看不起孔子的学问,轻视伯夷的节义,起初,我不相信,现在,我才看到了您的博大和难以穷尽,如果我不到您这里来,那就危险了,我将会被那些懂得大道理的人们长期地耻笑啦。"

这篇文章,通过河伯"望洋兴叹"的寓言故事,说明人的认识能力是有限的,是受一定的外界因素局限的。因此,那些懂得了一点道理,见了一点世面就沾沾自喜的人,将会被懂得大道理,见过大世面的人所耻笑。

这段文章,文字不多,但很生动,寓意深刻。庄子为了突出海的宽广,运用对比手法,首先描写了黄河的壮观之色,然后,通过对河伯"望洋兴叹"的描写,烘托出海的博大和难以穷尽。

先秦诸子散文

《荀　子》

劝　学①

　　君子②曰：学不可以已③。青，取之于蓝④，而青于蓝⑤；冰，水为之，而寒于水。木直中绳⑥，輮⑦以为轮，其曲中规⑧；虽有槁暴⑨，不复挺者⑩，輮使之然也。故木受绳则直⑪，金就砺则利⑫，君子博学而日参省乎己⑬，则知明而行无过⑭矣。

　　故不登高山，不知天之高也；不临深谿⑮，不知地之厚也；不闻先王之遗言，不知学问之大也。干、越、夷、貉之子⑯，生而同声⑰，长而异俗⑱，教使之然也。《诗》⑲曰："嗟尔君子⑳，无恒安息㉑。靖共尔位㉒，好是正直㉓。神之听之㉔，介尔景福㉕。"神莫大于化道㉖，福莫长于无祸㉗。

　　吾尝终日而思矣，不如须臾之所学也；吾尝跂㉘而望矣，不如登高之博见㉙也，登高而招㉚，臂非加长也，而见者远；顺风而呼，声非加疾㉛也，而闻者彰㉜。假舆马者㉝，非利足㉞也，而致千里；假舟楫者㉟，非能水㊱也，而绝㊲江河。君子生非异也㊳，善假于物也。

南方有鸟焉，名曰蒙鸠㊴，以羽为巢，而编之以发㊵，系之苇苕㊶。风至苕折，卵破子死。巢非不完㊷也，所系者然也。西方有木焉，名曰射干㊸，茎长四寸，生于高山之上，而临百仞之渊。木茎非能长也，所立者然也。蓬生麻中㊹，不扶而直；白沙在涅㊺，与之俱㊻黑。兰槐之根是为芷㊼，其渐之滫㊽，君子不近，庶人不服㊾。其质非不美也，所渐者然也。故君子居必择乡㊿，游必就士(51)，所以防邪僻而近中正也(52)。

物类之起(53)，必有所始(54)；荣辱之来(55)，必象其德(56)。肉腐虫出，鱼枯生蠹(57)；怠慢忘身(58)，祸灾乃作(59)。强自取柱(60)，柔自取束；邪秽在身，怨之所构(61)。施薪若一(62)，火就燥也；平地若一，水就湿也。草木畴生(63)，禽兽群焉，物各从其类也(64)。是故质的张而弓矢至焉(65)，林木茂而斧斤至焉，树成荫而众鸟息焉，醯酸而蜹聚(66)焉。故言有招祸也(67)，行有招辱也，君子慎其所立(68)乎！

积土成山，风雨兴焉(69)；积水成渊，蛟龙生焉；积善成德(70)，而神明自得(71)，圣心(72)备焉。故不积跬步(73)，无以至千里；不积小流，无以成江海。骐骥一跃(74)，不能十步；驽马十驾(75)，功在不舍。锲而舍之(76)，朽木不折；锲而不舍，金石可镂(77)。螾(78)无爪牙之利，筋骨之强，上食埃土，下饮黄泉，用心一也，蟹八跪而二螯(79)，非蛇蟺之穴无可寄托者(80)，用心躁(81)

也。是故无冥冥之志者㉜，无昭昭之明㉝；无惛惛之事者㉞，无赫赫之功。行衢道者不至㉟，事两君者不容㊱。目不能两视而明㊲，耳不能两听而聪㊳；螣蛇无足而飞㊴，鼫鼠五技而穷㊵。《诗》曰："尸鸠在桑㊶，其子七兮㊷，淑人君子，其仪一兮㊸。其仪一兮，心如结㊹兮！"故君子结于一也㊺。

昔者瓠巴鼓瑟而流鱼出听㊻，伯牙鼓琴而六马仰秣㊼。故声无小而不闻，行无隐而不形㊽；玉在山而草木润㊾，渊生珠而崖不枯㊿，为善不积邪⓫？安有不闻者⓬乎！

① 劝学：选自《荀子·劝学篇》。本文只选了《劝学篇》的前半部分。《荀子》，作者是荀子本人。他姓荀，名况，字卿，战国时期赵国人，生于公元前313年，死于公元前238年。他是战国后期的儒家大师，是我国古代著名的思想家、文学家。他曾经游历过齐、秦、赵、楚等国，曾在齐国稷（jì）下学宫讲学，以后又做过楚国的兰陵令，晚年在兰陵著书、讲学。他尊崇孔子，但对孔子的后学子思和孟子的一些哲学观点及治国方法有一定的批评。他否定天命，强调后天的教育。他认为人的本性本来是罪恶的，是由于后天的教育才改变了罪恶的本性。在荀子的思想中，具有较多的唯物主义因素。《荀子》一书，共有三十二篇文章。

② 君子：指有道德修养的人。

③ 已：停止。

④ 青：靛（diàn）青，一种染料。蓝：蓼（liǎo）蓝，一种草木植物，它的叶子可以提取靛青。

⑤ 青于蓝：比蓼蓝的颜色更深。

⑥ 中（zhòng）：合乎。绳：木匠用来划直线的墨绳。中绳：合乎墨线的标准。

⑦ 輮：实际上是"煣（róu）"字。指用火烘烤，使木头弯曲。

⑧ 规：指圆规。用来画圆的工具。

⑨ 槁（gǎo）：干枯。暴（pù）：同"曝"，指在太阳下晒。槁暴：晒干。

⑩ 挺：直。

⑪ 受绳：经过墨绳的校正。

⑫ 金：金属。在这里指用金属做的刀剑之类。就砺（lì）：在磨刀石上磨。利：锋利。

⑬ 参：参验。省（xǐng）：反省，检查。

⑭ 知：同"智"。行：行为。

⑮ 谿（xī）：即"谷"，指深沟。

⑯ 干（hán）：春秋时期的国名。在今天江苏、浙江一带。干，本来是一个小国，后来被吴国所灭，所以又把吴国称为干。在这里"干"指的是吴国。貉（mò）：北方一个民族，"夷貉"是统治者对北方少数民族的蔑（miè）称。

⑰ 生：生下来。同声：啼哭的声音相同。

⑱ 长：长大。异俗：习惯、风俗不一样。

⑲《诗》：指《诗经·小雅·小明》篇。

⑳ 嗟尔君子：《诗经》原文。嗟（jiē）：感叹词。尔：代词，你。这句意思是：你这个君子呀。

㉑ 无恒安息：《诗经》原文。恒：常。安息：安乐。这句意思：不要总是想着安乐。

㉒ 靖(jìng)共尔位:《诗经》原文。靖:安。共:即"恭",看重。这句意思是:安于你的职位吧。

㉓ 好(hào)是正直:《诗经》原文。好:爱好。这句意思是:爱好正直的德行。

㉔ 神之听之:《诗经》原文。神:神灵。听:觉察、了解。这句意思是:神灵会明察一切。

㉕ 介尔景福:《诗经》原文。介:助,给。景:大。这句是说:给你极大的幸福。

㉖ 神:指最高的精神境界。化:合乎。道:指事物最高的法则。这句的意思是说:最高的精神境界,莫过于合乎"道"的教化。

㉗ 福:幸福。无祸:没有灾祸。

㉘ 跂(jiāo):踮起脚跟。

㉙ 博:大,广的意思。博见:看见的宽广。

㉚ 招:招手。

㉛ 疾:壮。加疾:加大,加强。

㉜ 彰(zhāng):清晰、清楚。

㉝ 假:借助。舆(yú):车。舆马:车马。

㉞ 利:快。利足:脚走得快。

㉟ 楫(jí):船桨。

㊱ 水:在这里当"游泳"讲。名词作动词。

㊲ 绝:作动词用,在这里指渡过。

㊳ 生:本性。生非异:本性并不是不一样。

㊴ 蒙鸠(jiū):鸟名。即"鹪(jiāo)鹩(liáo)",这种鸟善于筑巢。

㊵ 发：毛发。

㊶ 系：联结。苇：芦苇。苕（tiáo）：苇花。

㊷ 完：完备，完善。

㊸ 射（yè）干：一种草药名。

㊹ 蓬：草名。又叫“飞蓬”。麻：草名。

㊺ 涅（niè）：指黑泥。

㊻ 俱：一起。

㊼ 兰槐：即“白芷（zhǐ）”，一种香草名。开白花，气味很香。古代的人把它的苗称为“兰”，根称为“芷”。

㊽ 渐：浸泡。滫（xiǔ）：臭汁。

㊾ 庶人：平常的人。服：佩戴。

㊿ 居：定居。择：选择。

(51) 游：指外出交往。就士：接近有学问、有修养的人。

(52) 邪僻：不正派。中正：正直、正派。

(53) 物类：指万物。起：兴起。

(54) 始：根源。

(55) 荣辱：荣誉和耻辱。来：到来。

(56) 象：相称相应。德：品德、道德。

(57) 枯：干了。蠹（dù）：蛀虫。

(58) 怠（dài）慢：懒惰。忘身：忘记自身的修养。

(59) 乃：就。作：发作，发生。

(60) 柱：支柱。强自取柱：质地紧硬的东西自然会被用做支柱。下句的“柔”指柔软的东西。束捆：在这里当“捆东西的用具”讲。

(61) 怨：怨恨。构：造成。

�62 施：放置，排列起来。薪（xīn）：柴草。若一：一样的放置。

㉖ 畴：通"稠"，指聚在一起。

㉔ 物：万物。从：跟从。类：同类。

㉕ 质：指箭靶。的（dì）：箭靶的中心。张：设置。弓矢（shǐ）：弓箭。这句话是说：放置了箭靶子，箭就会向它射来。

㉖ 醯（xī）：醋。蚋（ruì）：蚊子一类的小虫。

㉗ 言：说话。招：招来。言有招祸也：指说话有时会招来灾祸。

㉘ 慎：慎重，谨慎。所立：指所学的东西。

㉙ 兴：兴起。古时候人们认为，风雨是从山上来的。所以说，积土成为高山，风雨就会从这里兴起。

㉚ 善：善事。德：品德。

㉛ 神明：高度的智慧。自得：自然会得到。

㉜ 圣心：圣人的思想。

㉝ 跬（kuǐ）步：半步，即今天的一步。

㉞ 骐骥（qí jì）：千里马。

㉟ 十驾：十天的路程。

㊱ 锲（qiè）：用刀子刻。

㊲ 镂（lòu）：雕刻。

㊳ 螾（yǐn）：通"蚓"，蚯蚓。

㊴ 跪：脚。螯（áo）：螃蟹的两个大夹子。

㊵ 鳝（shàn）：就是鳝鱼。寄托：指居住，安身。

㊶ 躁：浮躁，不安心。

㊷ 冥冥（míng）：幽暗。在这里指专心致志。

㊸ 昭昭（zhāo）：显著。

⑧ 惛惛(hūn)：和上文的"冥冥"是一样的意思。

⑧ 衢(qú)道：歧途。

⑧ 事：做事，服务。容：容忍。

⑧ 两视：同时看两样东西。明：清楚。

⑧ 聪：清楚。

⑧ 螣(téng)蛇：古代传说中一种能飞的龙。

⑨ 鼫(shí)鼠：一种形状像兔的鼠类。五技：五种技能，即会飞，但飞不到房上；会爬，但爬不到树尖；会游泳，但游不过小河；会打洞，但藏不住身子；会跑，但跑不过人。

⑨ 尸鸠在桑：《诗经·曹风·尸鸠》原文。下面几句，也都出自此篇。尸鸠：一种鸟名，人们也叫它"布谷鸟"。在桑：在桑树上栖息。

⑨ 其子七兮：《诗经》原文。兮：语气词。

⑨ 淑人君子：《诗经》原文。淑人：善人。仪：仪表，举止。指行动。一：专一。

⑨ 心如结兮：《诗经》原文。结：凝结，这里指"坚定"的意思。心如结：指用心紧固专一。

⑨ 结于一：指专心致志。

⑨ 昔者：过去。瓠(hú)巴：人名，传说是古代善于弹瑟的人。流鱼：游动的鱼。

⑨ 伯牙：人名，传说是古代善于弹琴的人。六马：古代君王用的车常用六匹马驾车。仰：抬起头。秣(mò)：饲料。

⑨ 行：行动。隐：隐秘。形：显形，暴露。

⑨ 玉在山而草木润：只要山里埋藏着玉石，这里的草木就会润泽。

⑩ 渊:深水。珠:珍珠。崖:岸。枯:干枯。

⑩ 邪:疑问词,"吧"的意思。

⑩ 闻:听说。最后这两句的意思是:(你大概以为)做好事不能积累吧,(如果经常做好事)哪有不被人知道的呢?

译过来

　　有道德修养的人认为:学习是不能停止的。靛青是从蓼蓝中提取出来的,但它比蓼蓝的颜色更深;冰是水冻成的,但是,它比水更冷。端直的木材本是合于木匠墨绳的,用火把它烤得弯曲成车轮,它的弧度便会合乎圆规的标准,即使风吹日晒,变干枯了,也不能再伸直了,这是由于火的烘烤把它弯成了这个样子。所以,木材用墨绳量过,就可以把它锯得很直;金属做的刀剑,在磨刀石上磨就可以使它更加锋利。君子广泛地学习,并且经常注意反省自己的行为,那么就会聪明,行为就不会有过错。

　　所以,不登上高山,就不知道天有多高;不面临深沟,就不知道地有多么深厚;不听先王留下的遗训,就不懂得学问有多么的博大。吴越和夷貉各族的孩子,刚生下来的时候,哭的声音是一样的,但是,长大以后,风俗习惯却各不相同,这是后天的教育使他们变成了这样。《诗经》里讲到:"你这个君子呀,不要总想着安乐。要谨慎地对待你的职务,培养你正直的品行。神灵会明察一切,会赐给你极大幸福的。"最高的精神境界,不如合乎"道"的教化,幸福不如没有灾祸。

　　我曾经整天地沉思默想,但不如学习一会儿所得到的收效大;我曾经踮起脚跟朝远处看,但不如登到高处看得宽广。站在高处招手，胳膊没有加长，但很远的人也能看得到；顺着风呼喊，声音没有加强，但人却听得特别清楚。借助车马行路，并不是脚走得快，但能走到千里之外的地方；借助船只渡水，并不是都会游泳，但能够渡过江河。君子的本性与一般人没有什么差别，只是因为他们善于借助外物的帮助罢了。

南方有一种鸟，名叫鹔鹴，它用羽毛做窝，并且用毛发编织起来，把它系在芦苇的穗花上。风来了，吹断了芦苇的穗花，鸟窝掉下来，摔碎了鸟蛋，摔死了小鸟。鸟窝不是不完备，是因为它所凭借的地方不好而造成的。西方有一种草，名叫射干，它的茎只有四寸长，生长在高山的顶上，面临着万丈悬崖。并不是射干的茎加长了，（它之所以这么高），是它所生长的地方造成的。蓬草生长在大麻当中，不用扶也会长得很直；白沙混在黑泥里，也和黑泥一样的黑。芷本来是兰槐这种香草的根，如果把它浸泡在臭水里，那么君子就不会靠近它，一般的人也不会佩戴它的。它的本质并不是不美好，是浸泡它的臭水把它变成了这样。所以君子定居一定要选择好的地方，交往一定要接近有学问、有道德修养的人，这是为了防止自己受不好东西的影响，而有意接近正直、正派的人。

万物的兴起，必然有它开始的原因；荣誉和耻辱的到来，也必然反映出一个人的品德修养。肉腐烂了就会长蛆，鱼干枯了就会生蛀虫。由于懒惰而忘记自身品德的修养，灾祸就会发生。质地坚硬的东西自然会被用做支柱，质地柔软的东西自然会被用来捆东西。有了不好的品德，就必然会造成别人的怨恨。把干柴排列到一起，火就会先烧那些比较干燥的；平地看起来是一样的，倒上水，水就会往低洼的地方流。草木聚集生长在一起，飞禽走兽就会群居在那里。万物都是要寻找同类呀。因此，放置一个箭靶，就会有箭向它射来；树木茂盛的地方，就会有斧头去砍；树木成荫的地方，就会有很多的鸟到那里搭窝；醋发酸了，蚊虫就会聚集到这里。所以，说话有时候会招来灾祸，行为有时候会招来耻辱，作为一个有道德修养的人，应该谨慎地对待自己所学的东西。

积土成为高山，风雨就会从那里兴起；积水成为深渊，蛟龙就会在那里生长；不断地做好事并养成良好的品德，自然就会得到智慧，具备圣人的思想了。所以，不从一步走起，就不能达到千里；不容纳小的水流，就形不成江河湖海。千里马跳跃一次，不能达到十步之远；劣等马能走上十天的路程，它的功绩在于走个不停。用刀子雕刻物品，刻一下就放下，那么腐烂的木头也刻不断；如果刻个不停，金石也能被雕刻出美丽的花纹来。蚯蚓虽然没有锋利的爪子和牙齿，没有强壮的筋骨，但是，它能够吃到上面的尘土，能喝到地底下的泉水，这是因为它用心专一的缘故呀。螃蟹有八只脚，还有两只大夹子，如果没有蛇或者鳝鱼的洞穴，它就没有住的地方，这是因为它用心太浮躁的原因呀。所以，没有专心致志的意志，就不会有显著的成绩；没有埋头苦干的精神，就不会有巨大的成就。走上歧途的人，永远也达不到目的地；同时为两个君主做事的人，任何一方都不会容纳他。眼睛不能同时看清楚两件东西；耳朵不能同时听清楚两种声音。腾蛇没有脚，但能够飞起来，鼫鼠虽然有五种本事，仍然没有办法做成任何事情。《诗经》里说："尸鸠在桑树上做窝，它有七只小鸟，专心一意地喂它们。心地善良的人呀，你的行为举止也应该始终如一。行为始终如一呀，意志才能坚固不变。"所以，君子就应该始终如一地坚持自己的行为。

　　从前,瓠巴弹瑟连水里的游鱼也会浮起来听;伯牙弹琴吃草的马也会抬起头来听。所以,声音无论多么微小总会被人听到;行为无论多么隐蔽,总会被人发现。山里如果埋藏着宝玉,那里的草木就会有润泽;深水中如果有珍珠,崖岸也会增添光彩。大概以为做好事不能积累吧,如果经常做好事,哪里会不被人所知道呢?

　　这篇文章,主要论述学习以及学习的方法。

　　荀子认为,学习是永无止境的,只有不断的学习、积累,才能达到"青出于蓝而胜于蓝"的境界,才能成为有用的人才。因为,学问是没有穷尽的,是永远也学不完的。

　　文章运用生动形象的比喻,总结并论述了有关学习以及做人的种种方式、方法。

　　首先,他认为,人与人之间的本质是没有什么差别的,而聪明与不聪明,都是后天教育的结果,强调了教育的重要性。

　　另外,在学习上他认为,首先应该做到坚持不懈,专心致志,并且要有一种"锲而不舍"的精神。在学习上,要像蚯蚓那样,始终如一,而不应该学习螃蟹,用心浮躁。要不断地积累每次取得的小的成就,只有这样,才能最终获得巨大的成功。另外,在学习的过程中,要注意多接近有益的东西和有学问、有修养的人,防止不好的东西对自己的影响,人们常说的"近朱者赤,近墨者黑"就是这个道理。

　　荀子认为，聪明的人都是非常会借助外界的力量来达到自己的目的的。单凭个人微薄的力量，很难做出惊人的成就。

　　在做人方面，荀子主张"为善"。他认为无论做什么事，都会被别人知道的。把做的好事积累起来，就可以达到一种更高的精神境界，体现出了鲜明的儒家思想。

　　在写作方法上，这篇文章具有较高的艺术特色。荀子运用生动形象的比喻，来说明自己的观点，讲清道理，使文章丰富多彩，说服力强。语言生动、有趣，词藻优美、华丽，工整的偶句又增强了文章的韵律，琅琅上口。

　　这篇文章，不仅在艺术上有它鲜明的特色，在我国教育史上，也有着重要的地位，是我国古代文化宝库中的著名篇章。

事虽小不为不成①

夫骥②一日而千里，驽马十驾则亦及之矣③。将以穷无穷、逐无极与④？其折骨绝筋，终身不可以相及也⑤；将有所止之⑥，则千里虽远，亦或迟、或速；或先、或后；胡为乎其不可以相及也⑦！不识步道者⑧，将以穷无穷、逐无极与？意亦有所止之与⑨？夫"坚白""同异""有厚无厚"之察⑩，非不察也，然而君子不辩⑪，止之也⑫；倚魁之行⑬，非不难也，然而君子不行，止之也。故学⑭曰："迟彼止而待我⑮，我行而就之⑯，则⑰亦或迟、或速、或先、或后，胡为乎其不可以同至也⑱？"故跬步⑲而不休，跛鳖⑳千里；累土而不辍㉑，丘山崇成㉒；厌其源㉓，开其渎㉔，江河可竭㉕；一进一退，一左一右，六骥不致㉖。彼人之才性之相县也㉗，岂若跛鳖之与六骥足哉㉘？然而跛鳖致之，六骥不致，是无他故焉，或为之或不为尔㉙！道虽近不行不至，事虽小不为不成。其为人也多暇日者㉚，其出入不远矣㉛。

好法而行㉜，士㉝也；笃志而体㉞，君子也；齐明而不竭㉟，圣人也。人无法则伥伥然㊱，有法而无志其义则渠渠然㊲，依乎法而又深其类㊳，然后温温然㊴。

讲一讲

① 题目是编者所加。选自《荀子·修身篇》，本文只选了原

文中的两段。为：做。成：完成、成功。

②　骥：好马。

③　驽马十驾：劣马走十天的路程。及：达到。

④　穷：穷尽。逐：达到。这句话的意思是：想要走完无穷的路途、达到没有终点的目标吗？

⑤　折：折断。绝：断绝。

⑥　止：限度，范围。将有所止之：要是有个范围。

⑦　胡为乎：为什么。其：指好马和劣马。

⑧　识：懂得。步：走路。道：方法。不识步道者：不懂得行路方法的人。

⑨　意：通"抑"，或者。

⑩　"坚白"：这是战国时期的名家公孙龙的一个重要论题，即"离坚白"。公孙龙曾用一块石头为例，来论证坚硬和白色这两种属性是各自独立的，不能同时都是石头的属性，用这来说明共性和个性之间的区别。"同异""有厚无厚"：这是战国时期另一名家惠施的论题。惠施认为事物的"同"和"异"是相对的，就具体的事物来讲，可以有同异之别，但是如果从根本上来讲，万物即可以说"毕同"，也可以说"毕异"。这种理论当时称为"合同异"。"有厚无厚"是讲空间上的无限性问题。察：明察。

⑪　辩：争辩。

⑫　止之也：有一定的范围限度。

⑬　倚魁：同"奇傀"，奇怪。倚魁之行：指那些不合常情的行为。

⑭　学：学者。

⑮　迟：待。这句话的意思是：当别人停下来等待我的时候。

⑯　就：接近，赶上。

⑰ 则：就。

⑱ 胡为乎：为什么。同至：同样达到。

⑲ 跬（kuǐ）步：半步。

⑳ 跛（bǒ）：瘸子。鳖：俗称甲鱼。跛鳖：瘸了腿的甲鱼。

㉑ 累：积累。辍（chuò）：停止。

㉒ 崇：通"终"，最终，终究。

㉓ 厌（yā）：堵住。源：水的源头。

㉔ 渎（dú）：沟渠。

㉕ 竭：干枯。

㉖ 六骥：指六匹马拉的车。不致：达不到。

㉗ 才：才能、才智。性：本性。县：实际上是"悬"字，差别，悬殊。

㉘ 岂：难道。若：像。与：和。足：脚力。这句话的意思是：难道还能像跛鳖和六骥的脚力那样有巨大的差别吗？

㉙ 为：做。尔：罢了。

㉚ 其为人：他们这些人。暇（xiá）：空闲。多暇日：指懒惰。

㉛ 出入不远：相差不远。

㉜ 好法：坚定地遵循法度。行：行动。

㉝ 士：古代奴隶主贵族阶层里最低的一级。

㉞ 笃（dǔ）志：意志坚定。笃志而体：意志坚定而且努力地去实行。

㉟ 齐：疾，在这里指的是思虑敏捷。明：明智。

㊱ 伥（chāng），伥然：形容无所适从，不知道该怎么办的样子。

㊲ 志：就是"识"，知道，理解。无志其义：不理解它的道理。渠渠然：局促不安的样子。

㊳ 深：深知，精通。类：统类，指能按照法令的规定去类推，掌握

各类事物。

㊴ 温温然：得心应手的样子。

　　好马一天可以走一千里，劣马走十天的路程也可以达到。想要走完没有尽头的路途、达到没有终点的目标吗？那么，就是累得折断了筋骨，终身也不能到达。要是有个范围，那么，千里虽然遥远，也可以或慢、或快，或早、或晚走完，为什么不可以到达呢！不懂得行路方法的人，想要走完没有尽头的路途、达到没有终点的目标吗？或者也应有个范围吧？对于"坚白"、"同异"、"有厚无厚"的问题，并不是不明察，然而君子不争辩，是因为争辩有一定的限度；那些不合常情的行为，并不是不难做，然而君子不这么做，是因为行为有一定的范围。所以，学者说："当别人停下来等我的时候，我就努力地赶上去，这样或慢、或快，或先、或后，为什么不能和他同样达到目的呢？"所以，仅迈半步但不停止，跛鳖也可达到一千里；不停地积累土，终究能堆成山丘；如果堵住水的源头，挖开沟渠，大江大河也会干枯；进一步，退一步，左一步，右一步，六匹好马驾车也达不到目的地。人们才能和本性之间的差别，难道会有跛鳖和六骥之间的差别大吗？但是，跛鳖能够到达，而六骥却不能到达，这没有别的原因，只在于有的做，有的不做罢了！路程虽然近，不走就不能到达；事情虽然小，如果不做，也完不成。那些整天什么事儿都不干的人，与"六骥不致"的情况不会相差太大。

　　坚定地遵循法度行事，才称得上是士；意志坚定而且努力去实行的人，才称得上是君子；思虑敏捷、明智而且思路不干枯，才称得上是圣人。没有法度，人就会无所适从；有法度而不理解其中的道理，人就会局促不安。遵循法度而且又能按照其中的道理予以类推，掌握各类事物，只有这样，才能做到得心应手。

这篇文章，主要讲的是，无论做什么事情，应该在一定的范围、法度之内，先选择好目标，然后坚持不懈地去做，这样就能够最终达到目标。如果去追求那些没有终点的目标，那么无论怎样做，也不会有结果。

荀子还以"跛鳖"和"六骥"为例，来加以说明。"跛鳖"虽然走不快，但它坚持不懈，也能达到千里之遥，而"六骥"虽然"一日千里"，却到达不了，这是因为它没有去做。因此，荀子总结出"道虽近不行不至，事虽小不为不成"的道理。

文章最后又讲到了"法"和"人"的关系。他认为，人不能没有法度，也就是一定的范围限度。作为贵族阶层最低一级的人，也就是"士"只能做到坚定的遵循这个法度；而在法度范围之内，努力实行的人，才是君子；但又不如精通法度中蕴含的道理而类推掌握各种事物，思想敏捷、明智的人，这种人是最理想的圣人。这就说明了在一定范围之内，只是依法度而行也只能是一般的人，而只有不停地努力实行，不断地思考、理解、发展的人，才能达到更高的境界。

这篇文章篇幅不长，但却运用生动、形象的比喻，以及具体鲜明的例子，说明了自己的观点，讲清了道理。文章的语言简练、生动，读起来耐人寻味。

《韩非子》

难 一①

历山之农者侵畔②，舜往耕焉③，期年④，畎亩正⑤。河滨之渔者争坻⑥，舜往渔焉，期年而让长⑦。东夷之陶者器苦窳⑧，舜往陶焉，期年而器牢。仲尼叹曰⑨："耕、渔与陶，非舜官也⑩，而舜往为之者，所以救败⑪也。舜其信仁乎⑫！乃躬藉处苦⑬，而民从之。故曰：'圣人之德化乎⑭'！"

或问儒者⑮曰："方此时⑯也，尧安在⑰？"

其人曰："尧为天子⑱。"

然则仲尼之圣尧奈何⑲？圣人明察在上位⑳，将使天下无奸㉑也。今耕渔不争，陶器不窳，舜又何德而化㉒？舜之救败也，则是尧有失也。贤舜㉓，则去㉔尧之明察；圣尧㉕，则去舜之德化：不可两得也㉖。楚人有鬻盾与矛者㉗，誉之曰："吾盾之坚，物莫能陷㉘也。"又誉其矛曰："吾矛之利，于物无不陷也。"或曰："以子之矛，陷子之盾，如何？"其人弗能应也。夫不可陷之盾与无不陷之矛，不可同世而立㉙。今尧舜之不可两誉，矛盾之说也。

且舜救败，期年已一过㉚，三年已三过。舜有尽㉛，寿有尽[32]，天下过无已者；以有尽逐无已，所止者寡矣[33]。赏罚[34]，使天下必行之[35]，令曰：“中程[36]者赏，弗中程者诛[37]。”令朝至[38]，暮变[39]，暮至，朝变。十日而海内毕矣[40]，奚待期年？舜犹不以此说尧令从己[41]，乃躬亲，不亦无术[42]乎？

且夫以身为苦而后化民者[43]，尧舜之所难也[44]；处势而骄下[45]者，庸主之所易[46]也。将治天下，释庸主之所易，道[47]尧舜之所难，未可与为政也[48]。

① 难一：选自《韩非子·难一》，本文只选了原文中的一段。

② 历山：地名，在今天山东省历城县南。农者：种田的人。畔：田界。侵畔：是说历山一带的农民互相侵夺田界。

③ 舜（shùn）：远古帝王。详见本书《舜发于畎亩之中》注释①。往：去。耕：耕种，种田，这里指亲自种田。焉：介词，相当于"于之"。

④ 期（jī）年：一周年。

⑤ 畎：田间水沟。正：经过纠正而恢复为应有的样子。

⑥ 河滨：地名，在今天山西省永济县南四十里的雷首山下的雷池。渔者：打鱼的人。争：夺。坻：指水里的高地，渔民们立脚的地方。

⑦ 让：谦让。长（zhǎng）：上了年纪的长辈。

⑧ 东夷：当时的统治阶级对东方各部族的诬蔑性称呼，在这里指东方的人。陶者：制作陶器的人。器：陶器。苦（kǔ）：指粗劣。窳（yǔ）：不牢固，不结实。

⑨ 仲尼：孔子。叹：赞叹。

⑩ 官：职责。

⑪ 所以：因此。救：拯救，挽救。败：衰败，在这里指邪恶的风气。

⑫ 信：信仰。仁：仁义、仁爱。

⑬ 乃：如此。躬：亲自。藉：实践。处苦：处在劳累辛苦之中。

⑭ 德：道德。化：感化。

⑮ 或：有人。儒者：儒家学派的人。

⑯ 方：当。

⑰ 尧安在：尧在哪里？尧：远古帝王，相传他是父系氏族社会后期部落联盟的领袖。姓陶唐，名放勋。

⑱ 尧为天子：尧是帝王。

⑲ 然则：既然这样。圣尧：把尧当做圣人，称尧为圣人。奈何：为什么。这句话是说：既然这样，孔子为什么又把尧称为圣人呢？

⑳ 明察：明确地观察一切。上位：指在上面的帝王之位。

㉑ 奸：邪恶。无奸：没有邪恶。

㉒ 何：什么。舜又何德而化：舜又怎么说得上用道德感化民众呢？

㉓ 贤舜：把舜称做贤明的人。

㉔ 去：去掉，在这里当"否定"讲。

㉕ 圣尧：认为尧是圣贤的人。

㉖ 不可两得：不能同时获得两样东西。

㉗ 鬻（yù）：卖。盾：古代战斗时所用的盾牌。矛：长矛，古代战斗时所用的一种武器。

㉘ 陷：刺穿，扎破。

㉙ 同世而立：同时存在。

㉚ 已：停止。一过：一件过错。

㉛ 舜有尽：舜这样的人是有限的。尽：终。

㉜ 寿：年寿。

㉝ 寡：少。

㉞ 赏：奖赏。罚：刑罚。赏罚：在这里指赏罚制度。

㉟ 行：执行。

㊱ 中（zhòng）：符合。程：规章制度。

㊲ 诛：杀。

㊳ 令：法令。朝：早晨。至：下达。

㊴ 暮：傍晚。变：改变，这里指行为改变。

㊵ 海内：指国内。毕：完毕，在这里指纠正完毕。

㊶ 犹：还。说：劝说。令从己：让臣民遵从自己。

㊷ 无术：没有治理国家的办法。

㊸ 以身为苦：亲身去受苦。化民：感化人民。

㊹ 难：困难。尧舜之所难也：尧舜都不容易做的。

㊺ 处势：处在有权势的地位。骄：当"矫"讲，指纠正。下：臣民百姓。

㊻ 庸主：平庸的君主。之所易：所容易做的。

㊼ 道：遵循，按照。

㊽ 与：以。未可与为政也：不能称为治国之道的。

译过来

　　历山一带的农民互相侵战田界，舜就亲自到那里种田，一年以后，田界就纠正过来了。河滨一带的渔民互相争抢水中的高地做立脚点，舜就亲自到那里去打鱼，一年以后，那里的渔民就懂得了礼让长辈。东方制陶的人，制作的陶器粗劣、不结实，舜就亲自去那里制作陶器，一年以后，那里的人制作出的陶器就坚固了。孔子感叹说："种田、打鱼和制作陶器，不是舜的职责，但是，舜亲自去做这些事，因此，他拯救了衰败的风气。舜信仰仁爱呀！他如此亲自实践，亲身受苦，所以，人民顺从他。所以说'圣人的道德能够感化人民呀'！"

　　有人问儒家学派的人说："当这个时候，尧在哪里？"

　　儒家学派的人说："尧是帝王。"

　　既然这样，孔子为什么把尧称为圣人呢？圣人应该在上面明智地洞察一切，从而使天下没有邪恶。如果农民、渔民不发生争执，制出的陶器不是不牢固，舜又怎么说得上用道德感化民众呢？舜去拯救邪恶的风气，那么就是尧有过错。称赞舜的贤明，就应该否定尧的"明察"；称赞尧是圣人，就得否定舜的"德化"：这两者不能同时予以赞扬。楚国有个卖盾和矛的人，他称赞说："我的盾非常坚固，什么东西也刺不破它。"他又称赞他的矛说："我的长矛非常锋利，没有刺不破的东西。"有人说："用你的矛，去刺你的盾，怎么样呢？"那个人不能回答。可见，不能被刺破的盾和什么东西都能刺破的长矛，不能同时存在。现在，不能同时赞扬尧和舜，也就是不能同时赞扬矛和盾的道理。

况且，舜拯救衰败的风气，一年纠正一个过错，三年纠正三个过错。像舜这样的人是有限的，年寿也是有限的，而天下的过错却没有完结；用有限的人和有限的年寿，去纠正没有完结的过错，能纠正的过错很少。设立赏罚制度，让天下的百姓必须执行，并且规定："符合章程的人受奖赏，不符合章程的人要被杀。"早晨下达法令，傍晚就会改变；傍晚下达法令，早晨人们的行为就会改变。十天之内，国内的行为就会全部纠正完毕，为什么要等一年的时间呢？舜不用这种道理来劝说尧下达法令，让百姓顺从自己，却亲自去实践，这不也是没有治理国家的办法吗？

况且，亲自去受苦，用这来感化人民，尧舜也是不容易成功的；处在有权势的地位，用法令来纠正百姓的行为，连平庸的君王也容易做到。想要治理天下，放弃连平庸君王都容易成功的办法，去遵从连尧舜也难成功的办法，是不能称做治国之道的。

这是一篇气势雄壮的驳论文。在这篇文章里，韩非运用批评驳斥的方式，论述了作为一个国家的统治者，应该重视手中的权力，要使用明确的法令，治理国家。同时，他还讥讽了儒家赞扬的"道德感化"方式。他认为"躬亲处苦"而后再使百姓受到感化来纠正邪恶风气，只不过是一种事倍功半的做法，并且难以成功。

韩非还用"矛和盾"的例子，指出了舜的"道德感化"和尧的"明察"是不能同时存在的。批驳了既"贤舜"又"圣尧"的说法，并且进一步提出了"赏罚，使天下必行"的主张，希望统治者把权力集中到自己手中,通过法令使人民顺从,来统一治国。

这篇文章,在艺术上有鲜明的特色。文章的手法新颖,语言有力;从驳斥的角度出发,运用生动、形象的例子,使文章锋芒毕露,犀利明快,干脆、利索,表现了韩非散文的风格。

扁鹊见蔡桓公①

扁鹊见蔡桓公，立有间②，扁鹊曰："君有疾在腠理③，不治将恐深。"桓侯曰："寡人无疾④。"扁鹊出，桓侯曰："医之好治不病以为功⑤！"居十日⑥，扁鹊复见，曰："君之病在肌肤⑦，不治将益深⑧。"桓侯不应。扁鹊出，桓侯又不悦⑨。居十日，扁鹊复见，曰："君之病在肠胃，不治将益深。"桓侯又不应。扁鹊出，桓侯又不悦。居十日，扁鹊望桓侯而还走⑩。桓侯故使人问之⑪，扁鹊曰："疾在腠理，汤熨之所及也⑫；在肌肤，针石⑬之所及也；在肠胃，火齐⑭之所及也；在骨髓，司命之所属⑮，无奈何也⑯。今在骨髓，臣是以无请也⑰。"居五日，桓侯体痛，使人索⑱扁鹊，已逃秦矣⑲。桓侯遂死⑳。

 讲一讲

① 题目是编者所加。选自《韩非子·喻老》，本文只选取了其中的一段。扁鹊：人名，姓秦，名越人，是我国古代一位名医。蔡桓公：即蔡桓侯，姓姬，名封人，是蔡国的国君，公元前713年～公元前694年在位。

② 立：站。间：一小会儿。立有间：站了一会儿。

③ 疾：病。腠（còu）理：指皮肤，表皮。

④ 寡人：古代君主对自己谦虚的称呼。无疾：没有病。

⑤ 好（hào）：喜欢。治：治疗。不病：指没有病的人。功：功

劳,成绩。这句话的意思是:医生喜欢治疗没有病的人,来作为自己的功劳。

⑥ 居十日:过了十天。

⑦ 肌肤:指肌肉。

⑧ 益:更加。益深:更深。

⑨ 悦:高兴。

⑩ 望:看见。还:转身。走:跑开。这句话的意思是:扁鹊一看到桓侯转身就跑开。

⑪ 使:派,让。问之:问他。

⑫ 汤:通"烫",用药汤熏洗。熨(yùn):用药物热敷。及:达到,在这里指"达到痊愈"。

⑬ 针石:古代医生针灸用的金针和石针,在这里指"针灸"。

⑭ 火齐(jì):齐,同"剂"清火去热的汤药。

⑮ 司:关系到。属:范围。司命之所属:关系到生命本身。

⑯ 无奈何也:没有办法。

⑰ 无请:不再请求给桓侯治病。

⑱ 索:寻找。

⑲ 已逃秦:已经逃到了秦国。

⑳ 遂:于是。

扁鹊见到蔡桓公,站了一小会儿,扁鹊对蔡桓公说:"您有病,在皮肤上,如果不抓紧治疗,恐怕将会深入。"蔡桓公说:"我没有病。"扁鹊出去之后,蔡桓公说:"医生就喜欢治疗没有病的人，来作为自己的功劳！"过了十天，扁鹊又见到蔡桓公，扁鹊对他说："您的病现在在肌肉上，如果不抓紧治疗，会更加深入。"蔡桓公没有理他。扁鹊出去之后，蔡桓公又不高兴。过了十天，扁鹊又见到蔡桓公，扁鹊对他说："您的病现在在肠胃里，如果不抓紧治疗，会更加深入。"蔡桓公还是不理他。扁鹊出去之后，蔡桓公又不高兴。又过了十天，扁鹊看见蔡桓公，转身就跑开了。蔡桓公让人去问扁鹊，扁鹊说："病在皮肤上的时候，用汤药熏洗和热敷就可以治好；病在肌肉上的时候，用针灸就可以治好；病在肠胃里，用清热去火的汤药就可以治好；如果病在骨髓里，那是生命本身的事，没有办法治了。现在君王的病已经进了骨髓，所以，我不再请求给他治疗了。"过了五天，蔡桓公感到身体疼痛，派人去找扁鹊，但扁鹊已经逃到秦国去了。于是，蔡桓公就死了。

这篇故事，要说明的主要道理是：一个人，无论做什么，都要谨慎地对待自己身上每一个微小的缺点和错误，不放过对任何一点小毛病的纠正。如果不及时改正和克服自己身上小的缺点、错误，任其发展下去，终将会促成更大的错误。

文章用蔡桓公不重视小病，固持己见，从而发展到病入骨髓、不可救药这种地步，形象地阐明了韩非的观点，揭示了所要论述的主题。

文章按照时间的顺序，突出地描写了在短短的三十五天内蔡桓公病情的变化，由轻到重，最后直至死亡。文章形象、生动地通过这一故事，点明了主题，发人深省。

先秦诸子散文

定　法①

问者曰："申不害、公孙鞅②,此二家之言③,孰急于国④?"

应之曰："是不可程也⑤。人不食,十日则死;大寒之隆⑥,不衣⑦亦死。谓之衣食孰急于人,则是不可一无也⑧,皆养生之具也⑨。今申不害言术⑩,而公孙鞅为法⑪。术者,因任而授官⑫,循名而责实⑬,操杀生之柄⑭,课群臣之能者也⑮,此人主之所执也⑯。法者,宪令著于官府⑰,刑赏必于民心⑱,赏存乎慎法⑲,而罚加乎奸令者也⑳,此臣之所师也㉑。君无术则弊于上㉒,臣无法则乱于下,此不可一无,皆帝王之具也。"

问者曰："徒㉓术而无法,徒法而无术,其不可,何哉?"

对曰："申不害,韩昭侯之佐也㉔。韩者,晋之别国㉕也。晋之故法未息㉖,而韩之新法又生;先君之令未收,而后君之令又下㉗。申不害不擅其法㉘,不一其宪令㉙,则奸多㉚。故利在故法㉛,前令则道之㉜;利在新法,后令则道之。利在故新相反,前后相悖㉝,则申不害虽十使昭侯用术㉞,而奸臣犹有所谲其辞矣㉟。故托万乘之劲韩㊱,十七年而不至于霸王者㊲,虽用术于上,法不勤饰于官之患也㊳。公孙鞅之治秦㊴也,设告坐而责其实㊵,连什伍而同其罪㊶,赏厚而信㊷,刑重而必㊸。是以其民用力劳而不休㊹,逐敌危而不却㊺,故其国富而兵强。然而无术以知奸㊻,则以其富强也资人臣而已矣㊼。及孝公、商君死㊽,惠王㊾即位,秦法未败㊿也,而张仪以秦殉韩魏[51]。惠王死,武王[52]即位,甘茂以秦殉周[53]。武王死,昭襄王[54]即位,穰侯越韩魏而东攻齐[55],五年而秦不益尺寸之地[56],乃成其陶邑之封[57];应侯攻韩八年,成其汝南之封[58]。自是以来,诸用秦者[59],皆应、穰之类也。故战胜则大臣尊[60],益地则私封立[61],主无术以知奸也。商君虽十饰其法,人臣反用其资[62]。故乘强秦之资[63],数十年而不至于帝王者[64],法虽勤饰于官[65],主无术于上之患也。”

问者曰:“主用申子之术,而官行[66]商君之法,可乎?”

对曰:“申子未尽于术[67],商君未尽于法也。申子言:‘治不逾官,虽知弗言[68]。’治不逾官,谓之守职也可[69];知而弗言,是谓过也[70]。人主以一国目视[71],故视莫明焉;以一国耳听,故听莫聪焉[72]。今知而弗言,则人主尚安假借矣[73]?商君之法曰:‘斩一首者爵一级[74],欲为官者为五十石之官[75];斩二首者爵二级,欲为官者为百石之官。’官爵之迁与斩首之功相称也[76]。今有法曰:‘斩首者令为医、匠[77]’,则屋不成而病不已。夫匠者手巧也,而医者齐药[78]也,而以斩首之功为之,则不当其能[79]。今治官者,智能也[80];今斩首者,勇力之所加也[81]。以勇力之所加而治智能之官,是以斩首之功为医匠也[82]。故曰:二子之于法术,皆未尽善也。”

① 定法:选自《韩非子·定法》。

② 申不害：人名，战国时期韩国昭侯时的宰相。大约生于公元前 385 年，死于公元前 337 年。他原是郑国人，后来到韩国。由于推行"术"，使韩国一时国治兵强。公孙鞅：人名，姓公孙，名鞅，战国时期卫国人。大约生于公元前 390 年，死于公元前 338 年。后来他到秦国，得到秦孝公的信任，推行变法，使秦国强盛。他在秦国被封于商，所以，又叫商鞅。

③ 言：言论，在这里指"观点"。

④ 急：急需。

⑤ 程：衡量，比较。

⑥ 隆：盛，极。大寒之隆：寒冷达到了顶点。

⑦ 衣：作动词用，穿衣。

⑧ 无：没有。不可一无：一样也不能没有。

⑨ 具：应具备的东西。

⑩ 术：在这里指法家学说的一个方面，是君王治理臣民的权术、手段。

⑪ 法：成文的法律，是除君王以外，每个人都必须遵守的法规。

⑫ 因：依据。任：担任，担负。在这里指承担事物的能力。授：授予。

⑬ 循：依据，按照。名：名分，即上文"授官"的具体职称。责：要求。实：实情。

⑭ 操：拿着，掌握。柄：把柄，在这里指权力。

⑮ 课：考核，考查。能：能力，才能。

⑯ 执：掌握。

⑰ 宪令：法令，大法。著：制定。

⑱ 刑：处罚。赏：奖赏。

⑲ 存：在，加在……之上。慎法：守法。

⑳ 奸：违犯。奸令：违犯法令。

㉑ 师：指学习、遵循的意思。

㉒ 弊：同"蔽"，受蒙蔽。

㉓ 徒：只有。

㉔ 韩昭侯：韩国的国君。佐：辅助。

㉕ 晋：晋国，古代诸侯国，在今天山西省境内。公元前453
年被韩、赵、魏三家所分。别：分支。

㉖ 故法：指晋国的旧法令。息：停止。

㉗ 后君：指韩国的君王。前文的"先君"指的是晋国的国君。

㉘ 擅：专一。

㉙ 一：统一。

㉚ 奸：邪恶，伪诈。在这里指违法事件。

㉛ 利：指奸臣的权利。

㉜ 道：顺着，依从。

㉝ 悖（bèi）：违背，违反。

㉞ 十：数词，在这里应为"多数、屡次"的意思。

㉟ 犹：作副词，仍然。谲（jué）：诡诈，欺诈。谲其辞：用诡辩
来掩盖违法的行为。

㊱ 托：指凭借。劲韩：强盛的韩国。

㊲ 霸：称霸。王：称王。

㊳ 勤饰：指随时约束。

㊴ 治：治理。治秦：治理秦国。

㊵ 告：告发。坐：犯罪叫坐，根据商鞅的法律，不告发犯罪的
人要连坐，告发犯罪而罪不属实要反坐。在这里指连坐。

㊶ 什伍：古代规定，每十家为一什，每五家为一伍。连什伍而同罪：把百姓按十家为一什，五家为一伍的办法组织起来，一家犯罪，其余人家要一同治罪。

㊷ 厚：丰厚。信：守信用，在这里指真实兑现。

㊸ 必：一定，必然。在这里表示一定要实行。

㊹ 劳：辛苦。休：停止。

㊺ 逐：追赶。危：危险。却：退却。

㊻ 无术：没有治理臣下的方法。以：连词，而。知奸：察觉其奸诈。

㊼ 以：用。富强：指国家的富强。资：财物，在这里当"帮助"讲，资助。

㊽ 孝公：即秦孝公，战国时期秦国国君，公元前361～公元前338年在位。商君：商鞅，在秦孝公死后，他被贵族诬陷，公元前338年，车裂而死。

㊾ 惠王：即秦惠王，又称惠文君。

㊿ 败：毁坏。

(51) 张仪：人名，战国时期魏国人。公元前328年任秦国宰相。殉：为……而牺性。以秦殉韩魏：牺牲秦国的利益去维护韩国和魏国。

(52) 武王：即秦武王。

(53) 甘茂：人名，战国时期楚国人。秦武王时期为秦国左丞相。周：古国名。

(54) 昭襄王：即秦昭王，战国时期秦国国君，公元前306～公元前251年在位。

(55) 穰侯：人名，姓魏，名冉，战国时期楚国人。秦昭王时期在秦国为相。因为他封地在穰,即现在河南省邓县一带,所以又称穰侯。 越:越过。

㊶ 益:增加。

㊷ 陶邑:地名,在今山东定陶一带。当时陶邑也是魏冉的封地。

㊸ 应侯:人名,即范雎,战国时期魏国人,秦昭王时在秦国为相。因为他的封地在应,即现在的河南省宝丰县一带,所以又称应侯。汝南:地名,在汝河以南。当时,这里也是范雎的封地。

㊹ 用秦者:在秦国执政的人。

㊺ 尊:尊贵,地位高。

㊻ 立:设立。

㊼ 人臣:大臣。反用:反为……所用。

㊽ 乘:凭借。

㊾ 不至于帝王:不能达到称霸天下。

㊿ 官:官吏,指大臣们。

66 行:执行。

67 尽:完善,完备。

68 治:治理政事。治不逾官:管理事情不超出自己的职权范围。虽听弗言:虽然知道也不说。

69 谓:称做。守职:尽职。可:可以。

70 谓:同"为"。过:过错。

71 以一国目视:用一国人的眼睛看事情。

72 聪:清楚。

73 假借:凭借,依靠。

74 斩:杀,在这里当"砍掉"讲。首:头,脑袋。爵:爵位,在这里作动词用,当"升爵"讲。

⑦5 为官:当官。五十石:指五十石粮食的俸禄。五十石之官属于小官。

⑦6 迁:升级。相称:合适,配得上。

⑦7 医:医生。匠:工匠。

⑦8 齐药:配全调济药物。

⑦9 能:能力,才干。

⑧0 智能:智慧上的才干。

⑧1 勇力:勇敢和力量。加:施加,在这里当"做"、"为"讲。

⑧2 以斩首之功为医匠:让杀敌立功的人去当医生和工匠。

有人问道:"申不害和商鞅,这两家的言论,哪个对国家更急需?"

回答的人说:"这是不可以相比的。人如果不吃东西,十天就会死;寒冷到了极点,不穿衣服也会死。如果说穿衣和吃饭哪样对人更急需?那是一样也不能没有的。现在申不害讲究术,而商鞅讲究法。术,是依据承担事物的能力来授予官位,按照具体的官职来要求成果的,是掌握生杀大权,考核大臣们的能力的,这是君王所掌握的。法,是官府制定和下达法令,在人民的心里确立刑罚奖赏观念的,奖赏要加在遵守法令的人身上,刑罚要实行在违法的人身上,这是臣民们所要学习遵循的。上面的君王没有术,就会受蒙蔽,下面的臣民没有法,就会混乱,这是一样也不能没有的,都是称王称帝所需要的手段。"

问的人说:"只有术而没有法,或者只有法没有术,这样不行,为什么?"

　　回答说："申不害是辅佐韩昭侯的人。韩国，是晋国的分支。晋国的旧法没有停止，而韩国的新法已经产生；以前晋国君王的法令没有收回，而后面韩国君王的法令已经下达。申不害不独揽新法或旧法，不统一前令和后令，所以，违法的事情就多。因此，利在执行旧法，就依从先君的法令；利在执行新法，就依从后君的法令。执行新法旧法对自己都没有利，前令后令就都不依从，虽然申不害多次让韩昭王用术，但是，奸臣仍然有诡辩之词。所以，凭着有万辆战车的强大韩国的力量，十七年没有称霸，原因在于上面的君王虽然用了术，但下面的官府却没有随时用法令来约束人们的作为。商鞅治理秦国，设立了告发和连坐的制度，并且要求真实地揭发犯罪情况，把百姓按十家为一什、五家为一伍组织起来，互相监视，一家犯罪，其他家一起治罪，奖赏丰厚并且严守信用，刑罚严重并且一定实行。所以，秦国的百姓辛苦劳作也不休止，追赶敌人危险也不退却，因此，秦国国家富足，军队强大。但是，君王没有用驾驭臣下的方法来了解违犯法令的行为，国家的富强，只不过被奸臣所利用来行其私利罢了。等到秦孝公和商鞅死了以后，秦惠王当政，秦国的法令没有毁坏，然而张仪用牺牲秦国来为韩国和魏国谋利益。秦惠王死了以后，秦武王当政，甘茂用牺牲秦国来为周谋利益。秦武王死了以后，秦昭王当政，魏冉越过韩国和魏国，向东去攻打齐国，用了五年时间，而秦国没有增加一尺一寸的土地，但魏冉却得到了陶邑的封地；范雎用了八年攻打韩国，自己得到了汝南的封地。从这以来，各个治理秦国的人，都是范雎、魏冉之类的人。所以，打了胜仗大臣就得到了尊贵的地位，国家增加了土地，大臣也建立自己的封地，这都是因为君王没有用术来了解臣下违法行为的结果呀。商鞅虽然多次修正他的法,但是,秦国的资财反被奸臣所利用。因此,凭着强盛秦国的资财,数十年仍未能达到称王称霸的原因,在于法虽然随时约束、修正着臣下,而君王没有用术呀。"

问的人说:"君王使用申不害的术,而官府大臣执行商鞅的法,可以吗?"

回答说:"申不害的术还不完善,商鞅的法也不完善。申不害说:'官吏不能超越自己的职权范围,在自己的职权以外,虽我知道了,也不应该说。'官吏不超越自己的职权范围,说他守职是可以的;知道了而不说,这是错误的。君王用一国人的眼睛看事情,所以,看得再清楚不过了;用一国人的耳朵来听声音,所以听得再清楚不过了。现在,知道了而不说,那么,君王还凭借什么呢?商鞅的法说:'杀死一个敌人的人,升爵一级,想做官的人可以当个五十石俸禄的官;杀死两个敌人的人,升爵两级,想做官的人可以当个一百石俸禄的官。'官爵的升级与杀敌的功劳是相当的。现在如果有法令说'让杀死敌人的人去当医生和工匠',那么房屋就盖不成,疾病就治不好。工匠,是手巧的人,医生是配药调剂的人,用杀敌立功为理由让他去做这些工作,那么,这与他的才能是不相当的。现在,当官的人,是智慧上有才能的人;而能够杀敌的才能,是勇敢和力量所支配的结果。用勇敢和力量施加于支配的才能,去从事只有智慧上有才能的人所从事的官职,这就好比让杀敌立功的人去当医生、工匠呀。所以说:"申不害和商鞅的法和术,都没有尽善尽美呀。"

这篇文章，韩非针对商鞅的"法"治和申不害的"术"治，论述了在治理国家中"法"和"术"的作用，同时，对申不害和商鞅所提出的"术"和"法"进行了分析与评价。

韩非指出，在治理国家中，"法"和"术"都是不可缺少的。术，是君王用来驾驭臣民的一种手段；是限制臣民的一种规章制度。这两者，对于治理国家来说，是缺一不可的。

接着，他又从申不害只用"术"而不善用"法"和商鞅只用"法"而不善用"术"入手，以韩、秦两国为例，对"术"和"法"的重要性作了论述。

最后，韩非又明确指出，申不害的"术"和商鞅的"法"都没有尽善尽美，都有不完善的地方。因此，应该加以改善。

这篇文章，观点明确，条理清楚，使用的例子和论据具有很强的说服力。语言犀利而明快，文章上下贯通、逻辑性强。体现了韩非文章的论辩特点。

先秦诸子散文

古文体知识

散文,是一种实用的文体形式。从文学艺术上说先秦诸子的散文,是我国散文发展的第一个高峰。研究先秦诸子散文,可以从中了解我国古代散文的发展情况。同时先秦诸子散文也是研究各家思想、艺术风格的宝贵财富。为了方便少年读者,在此,简单介绍一下先秦诸子散文的著作体例、版本及艺术特色。

《论语》,主要是孔子的学生们记录孔子言论的一种语录体散文。一共有二十篇。《论语》基本上是一些比较简单、短小的谈话记录。语言简练,但内容比较深刻。常常通过几句对话,就把一件事说得非常生动。

在汉代,《论语》有三种不同的本子。即《古论语》、《齐论语》和《鲁论语》。前两种本子早就失传了,我们现在看到的是《鲁论语》。

自古以来,各朝都对《论语》有着比较高的评价,也出现了许多注本。其中,最主要的有魏何晏的《论语集解》,宋朱熹的《论语集注》,清刘宝楠的《论语正义》。

《墨子》虽然也是语录体,但其中已经夹杂着质朴的议论成分了。《墨子》是墨子的学生们记录墨子言论的著作。文章中已经有了比较强的逻辑性,能够运用具体的事例来进行说理,从具体问题的争论中进行辩论,把说理文向前推进了一大步。

《墨子》一书,现存五十三篇。因为在秦汉以后,墨家不受重视，所以，在流传过程中文字上有很多错误。在现有的注本中，清朝末年孙诒让的《墨子间诂》比较重要。

《孟子》也是由孟子的学生们为记录孟子的言论编写而成。主要反映了孟子的政治、军事、文化等方面的思想主张。《孟子》也还是语录体散文，但已经发展成对话式的论辩文。在写作艺术中，加入了许多比喻成分，而且这些比喻并不是一般的、简单的比喻，而是比较复杂、多样的比喻；语言也比较口语化。

《孟子》最早的注本是汉赵岐注的。后来，又出现了许多注本，主要有宋朱熹的《孟子集注》和清焦循的《孟子正义》。

关于《老子》一书，历来说法不一。有人认为《老子》的作者是老子本人；也有人认为，《老子》是别人根据老子的思想所写的；但多数研究者认为，《老子》一书中有些篇章是出于老子之手，也有后人补加的部分。

自汉朝以后，通行的《老子》各种版本，都分上篇和下篇，上篇为《道经》，下篇为《德经》，所以，又把《老子》叫《道德经》。现存的《老子》共有八十一篇。《老子》的版本很多，有石本（即"经碑"）、写本、佚本、首藏本、诸刻本等。注本有唐陆德明的《老子音义》，傅奕的《道德经古本篇》，魏王弼的《老子道德经注》等。

《庄子》在先秦诸子散文中带有独特风格的理论性。除了少数几篇文章以外，大部分文章已经突破了语录体，而向论点集中的专题议论文发展。

《庄子》一书共有五十二篇，但现在只保存了三十三篇，分内篇、外篇和杂篇三部分。据考证，内篇部分的七篇文章是庄子自己写的。外篇部分有十五篇，杂篇部分有十一篇，这些则是由庄子的学生和后人写的。《庄子》的散文，吸收了前人神话创作的

先秦诸子散文

经验,大量运用虚构的寓言故事,作为他论证的根据。他的散文,想像奇特,富于浪漫主义色彩。《庄子》中的比喻处处可见,运用得非常灵活,任何事物都用比喻的方法来加以说明。在语言上,比较多地使用有韵的句子,读起来有着较强的节奏感。

历代对《庄子》的注释很多,以晋代郭象、唐代陆德明和成玄英等最为著名。清代郭庆藩的《庄子集释》和清代王先谦的《庄子集解》比较详细。

《荀子》一书,是荀子本人写的。现在,我们能够看到的有三十二篇文章。荀子的文章善于长篇大论,每篇文章的论点非常明确,层次清楚。在文字上讲究整齐对仗,词汇丰富、华丽。

《荀子》主要的注本有唐杨倞的《荀子注》,清王先谦的《荀子集解》等。

《韩非子》也是韩非自己写的。一共有五十五篇文章。韩非的散文,语言锋芒毕露,议论非常透彻、精辟。对事理的推论,往往都切中要害。他的文章,也多是长篇大论。他的散文代表了先秦散文中理论文的进一步发展。在韩非的散文中,常常用故事、寓言和丰富的历史知识,来作为文章的论证材料,充分地说明自己的观点,使文章丰富多彩。

注本以清王先慎的《韩非子集解》较为详备。近人陈奇猷的《韩非子集释》也可参考。

先秦诸子散文,是我国宝贵的文化遗产。在这笔遗产中,有许多值得我们学习和研究的东西,我们应该在前人研究的基础上,更进一步地挖掘,探讨这笔财富,使它为今天的社会主义建设服务。